KB171166

곰들이
시칠리아를 습격한
유명한 사건

Questo libro è stato tradotto grazie ad un contributo del Ministero degli Affari Esteri e della Cooperazione Internazionale Italiano.
본 책은 이탈리아외무부에서 수여한 번역지원금을 받았습니다.

곰들이 시칠리아를 습격한 유명한 사건

— LA FAMOSA INVASIONE DEGLI ORSI IN SICILIA —

디노 부차티 글·그림

이현경 옮김

H
현대문학

차례

일러두기

본문에서 ●는 저자주이며 ▼는 옮긴이주이다.

서문

읽고 또 읽고 싶은 동화

로렌초 비가노

『곰들이 시칠리아를 습격한 유명한 사건』은 평생에 걸쳐 읽고 또 읽어도 좋을 그런 책이다. 소설을 처음 읽고 나서 몇 년 뒤 다시 펼쳐 보면 기억하지 못하거나 알아차리지 못했던 새로운 측면과 뉘앙스가 드러나는 경우가 종종 있다. 그런데 이 책은 그뿐만이 아니다. 교육적으로 읽히는 데서 끝나는 게 아니라 어린 시절부터 성년, 노년에 이르기까지 삶의 다양한 순간들을 함께한다. 페이지마다 언제 어디서나 유효한 보편적 가치들이 담겨 있기 때문인데 그러한 가치들은 필요에 따라 위로와 지지를 보내 주며, 삶이 혼란스러워 단단한 중심을 찾아야 할 때 적절한 관점을 제시해 준다. 인간들과 뒤섞여 살며 인간들의 악습과 결점들을 그대로 받아들여 결국 순수한 마음을 잃어버렸다가 안락함을 포기하고 자신들이 왔던 산으로 돌아가면서 순수를 되찾는 곰들의 이야기는 부차티 특유의 가벼움과 깊이로 스스로의 내면을 들여다보라고 권한다. 삶의 토대를 형성하는 평화, 선량함, 관용, 우정, 소박함의 가치를 인생의 초반에 찾고 흐르는 시간들 속에서 그것을 재발견해서 최종적인 균형을 갖추기 위한 것이다.

1948년 영어로 번역되었을 때《라이프》는 "모든 연령층을 위한 놀라운 책"이라는 찬사와 함께 많은 지면을 할애했다. 여기서 나이는 독자의 실제 나이를 의미할 뿐 아니라 역사적인 나이를 가리키기도 한다. 그러니까 '습격'은 이 글이 쓰였던 시기인 제2차세계대전을 계속 암시한다. 이 책은 1945년의 극적인 몇 달을 관통했던 불안감의 산물이지만 반세기가 지난 오늘날에는 민족 간의 폭력과 충돌이 끊이지 않고 권력에 대한 갈증과 제어되지 않는 소비주의에 의해 움직이는 사회의 거울이 된다.

디노 부차티는 놀이로 이 이야기를 만들었다. 조카들, 그러니까 누나인 니나와 『파이프의 책』의 삽화를 그린 매형 에페 라마초티의 딸들의 부탁을 들어주며 시작되었다.

"수요일마다 누나 가족이 점심 식사를 하러 우리 집에, 그러니까 엄마와 우리 삼형제가 사는 집에 오곤 했다." 부차티는 수년 후 라이Rai* 에서 콜라 형제의 극단이 자신의 동화를 각색해서 마리오네트 극을 상영하게 되었을 때 쓴 글에서 이렇게 회고한다. "나는 항상 그림 그리기를 즐겼는데 어느 날 저녁 열한 살과 열두 살이던 푸파와 랄라가 내게 물었다. '디노 삼촌, 멋진 그림 한 장 그려 주시면 안 돼요?' 그래서 나는 색연필을 집어 무슨 이유에서인지 모르지만 눈 덮인 풍경을 배경으로 곰과 병사들의 전투 장면을 그렸다. 불과 몇 분 만에 그린 그림은 별로 정교하지 않았지만 조카들은 마음에 들어 했다. 물론 조

* 이탈리아 공영방송.

카들은 다음 주 수요일에도 같은 부탁을 했다. '디노 삼촌, 그림 한 장 더 그려 주시면 안 돼요?' 그래서 나는 지난주의 곰들이 전투에 승리를 해서 술탄이나 대공 또는 폭군의 도시로 들어가는 상상을 했다. 그리고 곰들의 왕이 술탄의 침실에 들어가서 이불을 덮었다가 화들짝 놀라는 장면을 그렸다. 그 이후 나는 매주 새 그림을 그렸다. 전부 다 하면 일고여덟 장 될 텐데 그 이후 조카들이 다른 데 관심을 갖게 되어 이야기는 거기서 중단되었다."

그러다가 전쟁이 끝나 가던 해에 에밀리오 라디우스가 자신이 편집장으로 있는 《코리에레 데이 피콜리》*에 실을 동화와 그림을 부탁한다. 처음에 부차티는 그 부탁을 들어줄 만한 아이디어를 찾지 못했다. 그러다가 예전에 그린 그림이 떠올랐다. "이야기가 어떻게 끝날지는 아무도 몰랐다. 곰들의 이야기가 어쩌면 좋은 아이디어가 될지 모르겠다는 생각을 했다. 그래서 첫 번째 그림을 그리기 시작했다. 바로 산에서 내려온 곰들과 대공 군대와의 대전투였다. 이야기를 쓰는 건 상대적으로 그리 힘들지 않았다."

실제로 그림이 먼저 완성된 뒤 이야기가 탄생했다. 그 후 《코리에레 데이 피콜리》에 발표한 이야기를(미완성으로 남은) 다듬어서 같은 해 12월에 책으로 출간하게 된다. 환상성과 동화적인 성격이 두드러지고, 전개되는 사건들 속에, 심지어 전쟁 이야기 속에도 그런 분위기가 스며들어 있지만 디노 부차티는 동화책으로 출간을 하지 않았다. "어린이 책을 쓰는 것은 어른을 위한 책을 쓰는 것보다 훨씬 더 어렵

* 1908년부터 1996년까지 발간되던 어린이 주간 만화잡지.

다. 어른들의 생각은 어느 정도 알 수 있기 때문이다." 부차티는 출간된 책에서 이렇게 고백했다. 1971년에 한 인터뷰에서 이 문제를 다시 이야기한다. "어린이들은 생각이 열려 있고 사심이 없는 독자들이다. 간단히 말해 한 작가의 인간적인 이야기를 받아들일 준비가 가장 잘된 독자들이다. 그렇다고 어린 독자들이 단순하다는 뜻은 절대 아니다. 반대로 한 어린이의 마음에 드는 일은 아주 어렵다고 생각한다. 무엇보다 믿을 만한 이야기를 해야 하기 때문이고 두 번째로 마음에 가닿는 직관적인 언어를 사용해야 하기 때문이다. 어린이는 작가가 진심으로 글을 쓰는지 속이려고 하는지 금방 알아차린다."

'속이다'는 부차티의 사전에서는 절대 찾아볼 수 없는 동사이다. 그의 개인 서한에서 발견된 몇몇 편지, 그러니까 곰들의 이야기를 읽은 우디네 지방의 초등학생들이 보낸 편지들이 그것을 확인해 준다. 1970년 4학년 학생들의 편지이다. "디노 작가님, 재미있는 책을 써 주셔서 정말 감사드려요. 결론을 말하자면 탐정소설 같아서 저는 정말 이 책이 좋아요. 어른이 되면 작가님의 책을 읽을 거예요. 아름답고 흥미로운 책이라는 말을 들었거든요." 산드라의 편지다. 그리고 마누엘라는 이렇게 썼다. "디노 부차티 작가님, 작가님 책은 너무 멋져요. 저와 제 친구들, 선생님까지 모두 책을 좋아해요. 어른이 되면 작가님의 책을 다 읽을 거예요." 깔끔한 글씨로 단정하게 쓰인 편지들은 모두 『곰들이 시칠리아를 습격한 유명한 사건』의 아름다움을 강조하며 웃음에서 공포로, 고통에서 감탄과 감동으로 이어진 개인적인 감정들을 이야기한다. 시간이 흘러도 사라지지 않는 감정들이다.

말과 그림이라는 이중의 언어는 부차티의 그림, 메모 노트, 편지에서 서로 혼합되고 보완하는 서사의 도구가 되는데 『만화 시집』에서 가장 뛰어나게 표현된 바 있다. 말과 그림은 구성에서도 시대를 앞서는 『곰들이 시칠리아를 습격한 유명한 사건』을 진정한 보석이 되게 서로 돕는다. 실제로 삽화와 몇몇 글과 시(시라기보다는 노래에 가까운) 옆에, 작은 그림들이 그래픽 프레임으로 사용된다. 그리고 삽화 밑의 설명문은 방금 읽은 장章을 요약해 준다. 등장인물과 해설자(그들 중 몇몇은 등장하지 않는다)를 소개하는 부분도 있으며 삽화 목록도 포함되어 있다. 이 모든 게 독서를 용이하게 하며 세부 사항들이 독서를 풍부하게 만든다. 또한 독자들의 환상을 자극하며 필요할 경우 신속하게 다시 읽을 수 있게 해 준다. 현재 일간지나 주간지를 읽을 때처럼 말이다. 바로 여기서 부차티의 기자로서의 경험이 선명하게 드러난다. 요약, 참조, 설명들은 **사전**事前 링크 기능을 한다.

그러니까 『곰들이 시칠리아를 습격한 유명한 사건』은 생기 넘치고 활력 넘치는 책으로, 처음 출간된 지 70년이 지난 지금도 감동을 주고 우리의 마음을 사로잡으며 가르침과 생각할 기회를 준다. 디노 부차티의 세계로 들어가는 또 다른 문으로, 그 안에서 우리는 세상에 대한 그의 전망, 두려움, 원칙들을 다시 만날 수 있다. 등장인물들의 마음까지도. 레온치오 왕의 경우를 예로 들 수 있는데 그가 맞이하는 삶의 마지막 순간들은 『타타르인의 사막』 끝부분의 조반니 드로고의 최후를 상기시킨다. 드로고처럼 혼자가 아니라 아들과 충성스러운 친구들에게 둘러싸여 있기는 하지만 많은 사랑을 받았던 위대한 왕은 이제 작별하려는 세상을 창문 너머로 바라보는 드로고처럼, 마지막 여행으로 자신을 안내할 그림자가 다가오는 것을 느끼는 드로고처럼 숨을 거둔다. 그리고 그처럼 세상을 떠나면서 미소 짓는다.

『곰들이 시칠리아를 습격한 유명한 사건』은 1958년 알도 마르텔로 출판사에서 재출간되었다. 1945년 12월 리촐리 출판사에서 출간된 초판과 비교하면 몇 가지 작은 변화가 있는데 작가가 직접 수정한 것으로 보인다(이에 관해서는 메리디아노 시리즈[▾] 의 『Opere scelte(선집)』, Giulio Carnazzi 편집, Mondadori, Milano, 1998, pp. 1484-1485 참조. 1945년 《코리에레 데이 피콜리》에 발표했던 동화와 단행본 사이의 차이점에 관해서는 p. 1485 이하 주석 참조).

▾ 몬다도리 출판사에서 출간되는, 이탈리아 문학을 중심으로 한 세계문학 전집.

옛날 옛적에 시칠리아의 오래된 산에서
두 명의 사냥꾼이 어린 곰 토니오를 붙잡았다.
토니오는 곰들의 왕 레온치오의 아들이었다.
하지만 우리의 이야기는 그 후 몇 년이 지난 뒤에 시작된다.

등장인물

▶ **레온치오 왕** 곰들의 왕. 아버지에게서 왕위를 물려받았고 그 아버지는 역시 아버지로부터 왕위를 물려받았다. 그러니까 왕가의 곰이다. 레온치오는 크고 힘이 세며 용기 있고 선량했다(그뿐만 아니라 똑똑하기까지 했다. 굉장히 똑똑한 것은 아니지만 말이다). 우리는 여러분이 레온치오 왕을 좋아하길 바란다. 그는 근사한 털을 가지고 있고 당연히 그걸 자랑스러워한다. 단점은? 아마 약간 남의 말을 잘 믿는 것이리라. 그리고 여러 상황에서 적지 않은 야심을 드러내게 된다. 왕관을 쓰지 않았지만 다른 곰들과 금방 구별된다. 외모 때문만 아니라 한쪽 어깨에서 반대편 허리 쪽으로 묶은 스카프에 큰 검이 매달려 있기 때문이다. 시칠리아를 습격한 때 곰들을 지휘했기 때문에 그는 영원히 살게 될 것이다. 적어도 그럴 만한 자격이 있다.

▶ **토니오** 레온치오 왕의 어린 아들. 토니오에 관해서는 할 말이 그리 많지 않다. 산에서 낯선 두 사냥꾼에게 잡혀, 산 아래 평지로 끌려갔을 때 아주 어린 곰이었다. 그 이후로 우리는 토니오 소식을 전혀 듣지 못했다. 토니오에게 무슨 일이 벌어진 걸까?

▶ **대공** 시칠리아의 폭군이며 곰들의 영원한 적수. 유별나게 허영심이 강해서 하루에 일고여덟 번씩 옷을 갈아입는다. 그렇기는 해도 원래 못생긴 외모를 감출 수는 없다. 아이들은 대공 몰래 그의 커다란 매부리코를 놀리곤 한다. 대공이 그 사실을 알았다가는 아이들 모두 날벼락을 맞을 것이다.

▶ **데암브로시스 교수** 매우 중요한 등장인물이므로 여러분은 당장 이름을 알아 두는 게 좋다. 왕궁의 천문학자였는데, 매일 밤(날이 흐리지 않는 한) 별들의 위치를 관찰하고 앞으로 일어날 일을 미리 대공에게 알렸다. 아주 복잡하고 어려운 계산을 통해 그런 일이 가능했다. 적어도 교수의 말에 따르면 그랬다. 물론 모든 일이 예측한 대로 다 맞지는 않았다. 적중할 때도 있었지만 그렇지 않을 경우도 있었다. 제대로 알아맞히지 못할 때는 고통이 뒤따랐다. 최근에는 정확히 예측을 했지만 대공의 무시무시한 분노를 사서—그 이유를 곧 알게 될 것이다—왕궁에서 치욕스럽게 쫓겨났다. 한편 데암브로시스는 자신이 마법사여서 마술을 부릴 줄 안다고 말한다. 하지만 그때까지 한 번도 마법을 사용한 적은 없었다. 실제로 마법의 지팡이를 하나 가지고 있었고 그것을 아주 소중하게 보관했지만 절대 사용하지 않았다. 사실 이 지팡이는 딱 두 번 사용된 뒤 마법의 힘을 잃어 버려 쓰레기통에 던져지게 될지도 모른다. 데암브로시스 교수의 외모는 어떨까? 키가 아주 크고 몹시 말랐으며 길고 뾰족한 수염이 나 있었다. 꼭대기가 한없이 높은 중산모자를 썼고 몹시 낡고 지저분한 코트를 입었다. 착한 사람일까? 나쁜 사람일까? 판단은 여러분에게 맡긴다.

▶ **곰 살니트로** 가장 뛰어난 곰 중의 하나. 레온치오 왕의 친구. 무척 잘생겼으며 여자 곰들에게 인기가 많다. 언제나 품위가 있으며 뛰어난 웅변가로 나라의 중요한 직책을 맡고 싶어 했다. 하지만 그 황량하고 적막한 산에서 레온치오가 그에게 맡길 직책이 있을까? 살니트로는 가파른 절벽과 만년설에 뒤덮인 힘겨운 삶에 어울리지 않았다. 그러므로 넓은 세상에서 연회, 무도회, 파티 속에 살면서 편안함을 느끼게 된다.

▶ **곰 바보네** 거대한 곰. 아마 곰들 가운데 가장 클 것이다(레온치오 왕보다 머리 하나는 더 있을 거라고들 한다). 게다가 아주 용감한 전사이다. 시칠리아 습격 때 그가 절묘하게 행동하지 않았다면 공격 첫날 처참하게 패하고 말았을 게 분명하다.

▶ **곰 테오필로** 테오필로보다 더 지혜로운 곰이 있을까? 나이가 들어 가면서 많은 것을 배웠다. 레온치오 왕은 자주 그에게 조언을 구한다. 우리 이야기에서 불과 몇 분밖에 등장하지 않는다. 여러분도 알게 되겠지만 진짜 몸이 있는 것도 아니다. 하지만 그는 아주 뛰어난 곰이어서 그를 기억하는 게 좋다.

▶ **곰 스메릴리오**　　신분은 낮지만 고결한 마음을 가졌으며 선의에 넘친다. 대개는 다른 곰들과 떨어져서 전쟁과 명예에 대한 황홀한 꿈에 빠져 있다. 꿈을 이룰 수 있을까? 우리 예상이 맞는다면 조만간 그에 대한 이야기를 듣게 될 것이다.

▶ **곰 프란지파네**　　겉으로 보면 정말 특별한 데가 하나도 없다. 하지만 감탄할 만큼 발명에 놀라운 재능이 있다. 그는 독창적인 여러 도구와 기계들을 설계하는 일을 좋아했다. 하지만 산에는 그것들을 만드는 데 필요한 재료가 부족해서 아직까지는 실제로 주목할 만한 도구나 기계를 만들지는 못했다.

▶ **곰 젤소미노**　　보기 드문 관찰력을 타고나서 그보다 훨씬 많이 배운 사람들도 보지 못하는 것을 볼 줄 안다. 어느 날 일종의 아마추어 탐정이 될 것이다. 훌륭한 곰으로 완전히 신뢰할 수 있다.

▶ **몰페타 경**　　중요한 군주로 대공의 사촌이자 동맹자다. 다른 군주에게는 없는 이상하고 무시무시한 군대가 그의 휘하에 있다. 지금은 더 이상 말해 주기가 힘들다. 여러분이 더 알려 달라고 졸라 봐야 소용없다.

▶ **트롤** 트레몬타노 성에 사는 늙고 사악한 괴물. 인육을 즐겨 먹는데 특히 부드러운 살을 좋아한다(물론 곰이 있으면 곰도 먹는다). 늙고 혼자 살기 때문에 고기를 직접 구하지는 못할 것이다. 하지만 이 일만을 맡아 그를 위해 일하는 진짜 고양이 맘모네가 있다.

▶ **고양이 맘모네** 전설적인 괴물로 매우 잔인하다. 여기서 장황하게 이야기하지 않는 게 좋겠다. 갑자기 무대에 등장하면 여러분은 충분히 놀랄 테니 지금 미리 겁낼 필요가 없다. 이 세상에 없는 곰 테오필로가 말했듯이 나쁜 일에는 언제나 때가 있다.

▶ **바다뱀** 어마어마하게 크지만 다른 괴물보다는 덜 위험한 괴물. 항상 물속에 살기 때문에 아주 깨끗하다. 이름에서 알 수 있듯이 뱀의 형상을 하고 있지만 머리와 이빨은 용과 같다.

▶ **늑대 만나로** 세 번째 괴물. 이 이야기에는 등장하지 않을 수도 있다. 아니, 우리가 이야기를 잘 안다면 절대 등장하지 않을 것이다. 그러나 그건 아무도 모른다. 언제든 갑자기 등장할 수 있다. 그러니 늑대 만나로를 당연히 언급해야 하지 않을까?

▶ **여러 유령들** 외모는 흉측하지만 해를 끼치지는 않는다. 죽은 인간과 곰들의 영혼이다. 인간과 곰의 영혼을 구별하기가 어렵다. 사실 유령이 되면 곰들은 털이 없어지고 주둥이가 짧아진다. 그래서 인간과 별로 다르지 않다. 그러나 곰 유령들은 약간 더 통통하다. 우리 이야기에서는 아주 작은, 오래된 시계의 유령도 등장할 예정이다.

▶ **산의 노인** 가장 강력한 힘을 지닌 바위와 빙하의 신령. 화를 잘 내는 성격이다. 우리 모두 한 번도 본 적이 없고 어디 있는지를 정확히 아는 사람도 없다. 하지만 어딘가에 있다고 확실히 말할 수 있다. 그러니 항상 그에 대해 정중하게 이야기하는 게 좋다.

▶ **부엉이** 제2장에서 잠시 부엉이의 소리가 들릴 것이다. 울창한 숲에 숨어 있는 데다가 해 질 녘에 모습을 드러내기 때문에 우리는 부엉이를 볼 수 없다. 그러니까 여기 그려진 부엉이는 완전히 상상의 산물이다. 방금 말했듯이 부엉이는 우울하게 한 번 울기만 할 뿐이다. 이게 전부다.

배경

맨 먼저 시칠리아의 웅장한 산들이 우리 눈에 들어온다. 하지만 이 산들은 지금은 찾아볼 수 없다(까마득히 먼 옛날의 일이니까!). 산들은 모두 하얀 눈에 덮여 있다.

그다음에 초록의 계곡으로 내려가면 작은 마을들, 개울, 새들이 지저귀는 숲, 자그마한 집들이 띄엄띄엄 자리 잡고 있다. 아름다운 풍경이다.

하지만 계곡 옆으로는 여전히 높은 산들이 서 있다. 처음에 보았던 산들보다는 낮고 그만큼 험준하지는 않다. 그러나 이 산들에도 역시 많은 위험이 도사리고 있다. 예를 들면 마법의 성과 독을 품은 용들이 사는 동굴과 괴물이 사는 성 등등이 말이다. 간단히 말해 늘 조심해야 하는데 특히 밤에는 더 주의를 기울여야 한다.

우리는 이제 서서히 시칠리아의 아름다운 수도로 다가가게 될 텐데 오늘날에는 도시의 기억조차 사라져 버렸다(까마득히 먼 옛날의 일이니까!). 도시는 높은 성벽과 요새들에 둘러싸여 있다. 가장 중요한 요새는 코르모라노 성이다. 여기서 굉장한 일들을 보게 된다.

수도로 들어가 보자. 이 도시는 노란색 대리석으로 지은 왕궁, 하늘을 찌를 듯한 탑, 금을 입힌 교회, 1년 내내 꽃이 피어 있는 정원, 서커스단, 놀이공원, 엑셀시오르 대극장 때문에 전 세계에서 유명하다.

그러면 우리가 처음 이야기를 시작할 때 등장한 산들은? 우리는 다시 그 오래된 산으로 돌아가지 않는 걸까?

제1장

그러면 이제 눈도 깜빡이지 말고 곰들이 시칠리아를 습격한 유명한 사건 이야기를 들어 보자.

옛날 옛적에
동물들은 선량하고 인간들은 사악하던 때
시칠리아가 지금과 전혀 달랐던 때
높디높은 산은 하늘을 찌를 듯했고
산봉우리마다 얼음이 뒤덮였으며
높은 산들 한가운데에는 빵같이 둥근
화산들이 자리 잡고 있었다.
특히 그중 한 화산이 뿜어내는 연기는
깃발같이 흔들리고
밤이면 화산은 뭔가에 홀린 듯이
요란하게 울어댔다.

(그 화산에서는 지금까지도 그런 굉음이 들린다.)

이 산속 어두컴컴한 동굴에
곰들이 살았다.
밤, 버섯, 이끼, 베리, 송이버섯들을
배부르게 실컷 먹으며.

그때는 좋았다. 아주 오래전, 곰들의 왕인 레온치오가 어린 아들 토니오와 함께 버섯을 따러 갔는데 사냥꾼 두 명이 토니오를 잡아가 버렸다. 아버지가 절벽 쪽으로 잠시 내려간 사이 사냥꾼들은 무방비 상태로 혼자 있는 어린 곰을 급습해서 짐꾸러미처럼 꽁꽁 묶은 뒤 가파른 바위들을 타고 계곡 아래 평야로 내려갔다.

토니오! 토니오! 레온치오가 소리쳐 부른다.
하지만 시간만 속절없이 흐를 뿐.
동굴들 사이로 메아리만 답할 뿐.
주위는 쥐 죽은 듯 고요할 뿐.
레온치오가 혼자 생각만 할 뿐.
어디로 갔을까?
도시로 잡혀간 걸까?

왕은 동굴로 돌아와 아들이 절벽에서 떨어져 죽었다고 말했다. 진실을 말할 용기가 없었을 것이다. 아들을 잃어버렸다는 건 어떤 곰에게나 수치스러운 일이었다. 하물며 레온치오는 왕이었으니 두말할 필요도 없었다. 간단히 말해 아들이 납치되었는데 아무 대책도 마련하지 않은 것이다.

그날부터 그는 아들 걱정으로 계속 안절부절못했다. 그리고 아들을 찾으러 인간들에게 내려가야겠다는 생각을 수도 없이 했다. 하지만 혼자서 어떻게? 곰 한 마리가 인간들 속에서 어떻게? 아마 당장 죽여 쇠사슬로 묶어 버릴 게 분명했다. 그렇게 끝을 맞이할 게 분명했다. 그렇게 여러 해가 흘렀다.

그러다가 그 어느 겨울보다 혹독한 겨울이 찾아왔다. 풍성한 털에 뒤덮인 곰들도 이를 덜덜 떨 정도로 추운 겨울이었다. 작은 식물들 위로 눈이 수북이 쌓여 먹을 게 하나도 없었다. 어린 곰들은 배가 고파 밤새 울었고 엄마 곰들은 애가 타서 어쩔 줄 몰랐다. 더는 어찌할 방법이 없었다. 그런 상황이 계속되자 어떤 곰이 말했다. "평야로 내려가는 게 어떻겠습니까?" 맑은 날 아침이면 눈이 쌓이지 않은 계곡 아래 인간들의 집이 있는 평야가 보였다. 그 집들의 굴뚝에서 연기가 피어올랐다. 먹을 것을 마련하고 있다는 표시였다. 곰들은 우뚝 솟은 험한 바위에서 몇 시간이고 그런 광경을 부러운 눈으로 바라보며 한숨을 쉬었다.

"평야로 내려갑시다. 여기서 굶어 죽느니 인간들과 싸우는 게 더 나아요." 용감한 곰들이 말했다. 레온치오 왕은 솔직히 그 계획이 싫지 않았다. 아들을 찾을 좋은 기회이기도 했으니까. 그의 백성들이 한꺼번에 무리를 지어 내려간다면 크게 위험하지는 않을 듯했다. 인간들은 그런 곰 부대와 맞서 싸우기 전에 다시 생각해 볼 게 틀림없을 터였다.

레온치오 왕을 포함해 곰들은 인간이 진짜 어떤지, 얼마나 사악하고 교활한지를 알지 못했다. 또 그들이 얼마나 무시무시한 무기를 가지고 있는지도, 동물들을 포획하기 위해 함정을 파 놓을 수 있다는 사실도 몰랐다. 곰들은 아무것도 몰랐기 때문에 두려울 게 없었다. 그래서 산에서 내려가 평야로 가기로 결정했다.

그 당시 시칠리아는 대공이 다스리고 있었다.
우리는 앞으로 대공에 대해 수없이 듣게 된다.
나무 막대처럼 마른 데다가
못생기고 무례하고 오만하다.
잔인하기 짝이 없는 폭군인
대공을 좋아할 사람이 있을까?

이제 알아 둘 게 하나 있는데 궁정의 천문학자인 데암브로시스 교수가 몇 달 전 산에서 무적의 부대가 내려올 것이라고 예언했다는 사실이다. 교수는 대공의 군대가 그 부대에게 패배하고 적들이 온 나라를 정복하게 된다고도 예언했다.

교수는 별자리를 계산해서 그런 결과가 나왔기 때문에 자신의 예언이 틀림없다고 말했다. 하지만 그 말을 들은 대공을 상상해 보라. 분노에 사로잡힌 대공은 천문학자를 채찍질한 뒤 궁정에서 내쫓아 버렸다. 그렇기는 하나 대공은 미신을 믿었기 때문에 병사들에게 산으로 올라가 살아 있는 것은 뭐든 발견하는 대로 다 죽이라고 명령했다. 그렇게 해서 산에 살아 있는 게 하나도 남지 않으면 산에서 내려와 자신의 왕국을 정복하는 자는 아무도 없으리라 생각했다.

병사들이 완전무장을 한 채 산 위로 출발했다. 병사들은 산에서 만나는 살아 있는 것들을 가차 없이 다 죽여 버렸다. 나무꾼 노인들, 목동들, 다람쥐들, 겨울잠쥐들, 모르모트들, 심지어 천진난만한 어린 새들까지 가리지 않았다. 깊고 깊은 동굴 속에 몸을 피해 숨어 있던 곰들과 산의 노인만 살아남았다. 산의 노인은 절대 죽지 않으며 어디 있는지조차 아무도 정확히 알지 못하는 수수께끼 같은 아주 위대한 할아버지였다.

하지만 어느 날 저녁 전령이 도착했다.

전령이 알렸다. "산에 검은 뱀이 한 마리 나타났습니다!

그런데 자세히 보니 작은 점들이

뱀처럼 길게 뻗은 것이었습니다.

수놈만이 아니라 암놈과 새끼 곰 발자국이었습니다."

"곰이라고?" 대공이 웃는다.

"하! 하! 하! 누가 이기는지 보자!"

그때 팡파르 소리가 들린다.

군대가 전투 준비를 마친 것이다.

"전진하라! 제군들!

전투는 내일이다!"

전투 장면은 컬러 그림에 잘 묘사되어 있다.

곰들은 위쪽에서, 대공은 아래쪽에서

격렬한 전투를 시작한다.

추위와 배고픔에 지친 곰들은 평야를 향해 내려왔고 곰들을 물리치기 위해 달려온 잘 훈련된 대공의 병사들과 전투를 치른다. 그렇지만 용맹한 곰 바보네 때문에 대공의 병사들은 정신없이 달아나기 바쁘다.

그러나 창, 화살, 작살로 무장한 곰들이

사냥총, 소총, 대포, 컬버린 총을 어떻게 상대하겠는가?

총알이 빗발쳤고 눈이 붉게 물든다.

누가 죽어 가는 그 많은 곰들을 위해 구덩이를 파겠는가?

대공은 안전하게 약간 뒤쪽에 떨어져서

망원경으로 전투를 지켜본다.

그런데 궁정인들이 그의 기분을 좋게 하려고

망원렌즈에 죽어 가는 곰을 그려 놓았다.

그래서 어느 곳으로 망원경을 움직이든

땅에 쓰러져 참혹하게 죽어 가는 곰들밖에 보이지 않는다.

"대공 폐하, 뭐가 보이십니까?"

"한쪽 발이 잘린 곰이 보이는군."

"그럼 지금은, 폐하, 새로운 게 있습니까?"

"계속 죽은 곰만 보이는군. 여기 한 마리 저기 한 마리."

그래서 독재자 대공은 용감하게 싸우는 장교들에게

포상을 계속 내린다.

"아주 좋아." 대공이 소리쳤다. "훌륭해, 잘하고 있어!"

하지만 대공은 곰 바보네의 움직임을 알아차리지 못했다.

정말로 몸집이 거대하고 용감한 곰 바보네는 동료 몇 명과 함께 위험을 무릅쓰고 현기증이 날 정도로 가파른 절벽을 기어 올라갔다. 정상에 도착하자 어마어마하게 큰 눈덩이를 만들어 밑으로 던진다. 그 바람에 대공의 부대는 눈사태를 만난다.

눈덩이들은 둔탁한 소리와 함께 대공의 병사들이 가장 밀집한 곳에 떨어진다. 눈덩이가 떨어진 곳은 어디든 병사들이 무시무시하게 많은 눈에 파묻혀 전멸한다.

그와 같은 공격, 죽음, 공포.
병사들이 모두 혼비백산이다.
놀란 전 부대가 우왕좌왕한다.
"산의 노인이 틀림없어!"
눈사태를 일으킨 눈 폭탄 때문에 병사들의
피가 얼어붙었다.
달아나, 달아나. 누가 너를 가로막겠어?
공포가 극에 달한다.
일단 공포에 사로잡히면
그것을 막을 사람은 아무도 없다.
죽은 자들은 벌레로 변하고
대공의 분노는 아무 힘도 없다.
곰들은 승리의 함성을 지르고
영광스러운 하루가 끝난다.

제 2 장

여러분이 전투가 벌어지는 그림을
자세히 살펴보면
바람이 부는 고갯길에
이상한 사람이 보일 것이다.
슬픔에 잠긴 그 사람은 데암브로시스 교수이다.

자, 기운을 내요, 교수님, 당신은 마법사 아닌가요?
원하기만 하면 돌을 나무로
나무를 보석으로
돼지를 장미로 만들 수 있지 않나요?

아아, 베르타가 실을 잣던 시절,
마법의 지팡이 하나면 모두가
행복해지던 때는 다 지나가 버렸다.

교수의 지팡이는
두 번 사용하면 그만이다.
그러고 나면 영원히
마법의 힘을 잃고
평범한 지팡이가 된다.

용의 피도
삶은 까마귀의 주둥이도
다 소용없다.
두 번이면 모든 게 끝.
그 뒤로는 마법사는 마법사가 아니다.
그런데 데암브로시스는 한 가지 생각에 사로잡혀 있다.
그는 언제라도 병에 걸릴지 모른다고 생각한다.
두 번의 마법은
그 병의 치료를 위해 사용할 계획이다.

산더미 같은 금화를 만들어
부자가 될 수도 있고
하루에 열두 번 식사를 할 수도 있다.

• 11세기에 가난한 농부의 아내 베르타는 부당하게 잡혀간 남편을 구해 달라고 하인리히 4세의 황후 사보이의 베르타에게 부탁한다. 황후는 베르타의 이야기를 듣고 그녀의 남편을 석방시켜 준다. 베르타는 이에 대한 감사의 표시로 자신이 자은 실타래를 선물하고 이에 감동한 황후는 보답으로 그 실로 감쌀 만큼의 땅을 선물했다는 전설. 이후 다른 여인들도 황후에게 실을 선물하나 황후는 "베르타가 실을 잣던 시절은 끝났다"고 말한다.

그러나 교수에게는 하나도 중요하지 않다.

이제 교수를 소개했으니
원래 우리의 이야기로 돌아가 보자.

대공의 군대가 곰들과의 전쟁을 시작했을 때 데암브로시스는 이게 다시 폭군의 마음에 들어 궁정으로 들어갈 좋은 기회가 될지 자문했다. 그가 마법을 한 번 사용하기만 해도 곰들은 모두 학살을 당할 테고 그러면 대공이 바로 그의 동상을 세워 줄 게 분명했다. 그래서 적절한 순간에 마법을 사용하려고 눈에 띄지 않게 전투지 근처를 배회하는 중이었다.

그러나 예상과 달리 대공이 순식간에 패해 버려 마법사도 깜짝 놀랐다. 그가 대공을 구하기 위해 주머니에서 마법의 지팡이를 꺼냈을 때는 이미 곰들이 승리의 함성을 지르며 산 아래로 돌진했고 대공은 급히 달아났다. 그때 매력적인 새로운 생각이 떠올라, 데암브로시스는 마법의 지팡이를 공중으로 들어 올리다가 그대로 멈추었다. '나를 개처럼 쫓아 버린 비열한 대공을 내가 왜 도와야 하지?' 데암브로시스가 생각에 잠겼다. '곰들의 친구가 되는 건 어떨까? 곰들은 틀림없이 아주 순박할 테니까. 곰들의 대신이 될 수도 있잖아? 곰들과 함께하면 쓸데없이 마법을 사용할 필요도 없어. 어려운 말 한두 마디면 모두 바보들처럼 입을 다물지 못할걸. 지금이 바로 기회야!'

그래서 마법의 지팡이를 다시 주머니에 넣었다. 밤이 되어 승리한 곰들은 숲에서 야영을 하며 대공이 도망칠 때 버리고 간 비상식량들을 가지고 잔치를 벌였다. 소나무 세 그루 사이로 달이 떠올라 초록의 평야를(계곡 아래에는 눈이 쌓이지 않았다) 환히 비추었고, 쓸쓸한 들판에서 처량한 부엉이 울음소리가 들렸다. 바로 그때 데암브로시스 교수가 용기를 내서 곰들이 있는 쪽으로 내려가 레온치오 왕에게 자기소개를 했다.

이제 그가 어떻게 말하는지, 그의 입에서 어떤 지혜로운 말들이 흘러나오는지 한번 들어 보자.

그는 자신이 마법사이자 마술사(같은 것이지만)이며, 점성술가, 예언자, 주술사라고 설명한다. 그는 흑마법과 백마법을 사용할 줄 알며 별들의 움직임을 읽을 줄 안다고, 한마디로 말해 수없이 많은 비범한 일을 할 줄 안다고 말한다.

"좋소." 레온치오 왕이 매우 친절하게 대답한다. "우리에게 와 줘서 정말 기쁘군요. 이제 당신이 내 어린 아들을 찾아 줄 테니까요."

"폐하 아들이 어디에 있습니까?" 일이 자신이 생각했던 대로 간단하지가 않다는 사실을 알아차린 데암브로시스가 묻는다.

"이런!" 레온치오가 소리친다. "그걸 알면 무엇 하러 당신에게 그 말을 하겠소?"

"한마디로 마법을 원하는 건가요?" 당황한 교수가 더듬거린다.

"당연하지요! 당신같이 뛰어난 능력을 가진 사람에게 그 정도가 뭐 큰 문제겠소? 달을 따 오라는 것도 아닌데!"

"폐하." 데암브로시스는 자신이 조금 전까지 잘난 체했다는 사실은 까맣게 잊어버린 채 애원한다. "폐하, 폐하는 제가 파멸하길 원하시는군요! 전 딱 한 번, 평생 딱 한 번밖에 마법을 사용할 수 없습니다(그러니까 새빨간 거짓말을 했다). 정말 제가 파멸하길 원하시는 거죠!"

그렇게 해서 논쟁을 시작하게 되었는데 레온치오는 아들이 간 곳이 어딘지를 꼭 알아내기로 결심했고 마법사는 절대 물러서지 않으며 고집을 부렸다. 전투로 피곤한 데다가 배불리 먹은 곰들이 다 잠이 들어버렸는데도 둘은 계속 논쟁을 벌였다.

하늘 한가운데 떠 있던 달이 다른 편으로 기울기 시작했다. 레온치오와 마법사 데암브로시스는 논쟁을 계속했다.

어둠이 서서히 사라지고 있었는데도 논쟁은 끝나지 않았다.

동이 틀 무렵까지도 왕과 마법사는 논쟁 중이었다.

하지만 살다 보면 전혀 예상치 못한 일이 벌어지기도 하는데 아침 햇살이 비치기 시작할 무렵 근처 언덕에서 전진하는 군대처럼 위협적인 먹구름이 나타났다.

"멧돼지 떼다!" 숲 가장자리를 지키던 보초가 외쳤다.

"멧돼지 떼라고?" 레온치오가 깜짝 놀라 말했다.

"정말 멧돼지입니다, 폐하!" 훌륭한 보초들이 다 그렇듯 충실한 보초 곰이 대답했다.

사실 그 멧돼지들은 대공의 사촌인 몰페타 경의 멧돼지들로, 반격에 나선 것이었다. 막강한 힘을 가진 이 귀족은 전투에 대비해서 병사들 대신 몸집이 큰 멧돼지 군대를 훈련시켰다. 세계적으로 유명한 이 멧돼지들은 매우 사납고 몹시 동작이 빨랐다. 몰페타 경은 위험을 피해 멀찌감치 떨어진 언덕 위에서 채찍을 휘둘렀다. 멧돼지들은 무시무시한 속도로 달렸다! 멧돼지의 엄니들이 쉬익 소리를 내며 바람을 갈랐다.

이를 어쩌나, 곰들은 아직도 한밤중이었다. 야영지의 꺼진 모닥불 옆 여기저기에 흩어져 아직도 달콤한 꿈을 꾸고 있었다. 아침잠은 어느 때보다 꿀맛이었다. 나팔수도 깨지 않아, 위급한 상황을 알리는 나팔을 불 수도 없었다. 풀밭에 버려진 나팔에 숲속의 신선한 바람이 살랑살랑 불며 들릴락 말락 한 가락이 흘러나왔지만 곰들을 깨우기에는 터무니없이 작은 소리였다.

레온치오 곁에는 겁에 질린 소총수 몇 명뿐이었다. 그들은 대공에게서 뺏은 소총으로 무장한 보초들이었다. 그 이외에 아무도 없었다.

고개를 숙인 멧돼지들이 전속력으로 공격해 왔다.

"이제 어떡하죠?" 데암브로시스 교수가 더듬거렸다.

"보면 모르겠소?" 레온치오 왕이 씁쓸하게 말했다. "남은 건 여기 있는 우리들뿐이오. 그러니 이제 다 죽게 돼 있소. 최소한 명예롭게라도 죽어야 하오!" 칼집에서 검을 뺐다. "우리 모두 용감한 군인으로 죽음을 맞이합시다!"

"그럼 나는 어떡합니까?" 점성술사가 애원했다. "나는?"

데암브로시스, 그도 죽어야 하는 건가? 계속되는 이런 터무니없는 상황 때문에? 그는 정말 죽고 싶지 않았다. 하지만 멧돼지들은 산사태가 난 듯 쏟아져 내려왔고 그들과의 사이는 불과 100여 미터도 되지 않았다.

그러자 마법사가 주머니를 뒤적이더니 작은 지팡이를 꺼내 이상한 말들을 조그맣게 중얼거리고서 공중에 뭔가를 그렸다. 아, 겁에 질린 사람이 마법을 사용하는 건 어렵지 않은 일이었다.

몰페타 경의 전투 멧돼지들이 불시에 곰들을 공격했지만 점성술사인 데암브로시스가 마법으로 멧돼지들을 기구로 만들어 버려서 산들바람에 부드럽게 날아다녔다. 여기서 그 유명한 몰페타 경의 날아다니는 멧돼지 전설이 탄생했다.

자, 몸집이 제일 큰 첫 번째 멧돼지가 갑자기 땅에서 위로 떠올라 몸이 부풀어 오르고 또 부풀어 오르더니 진짜 큰 공으로 변했다. 그러더니 정말 예쁜 기구가 되어 하늘로 사라졌다. 그다음 두 번째, 세 번째, 네 번째 멧돼지도 마찬가지였다.

곰들 쪽으로 다가온 치명적인 멧돼지들은 이상한 마법에 걸려 풍선처럼 부풀어 올랐다.

저런! 멧돼지들이 떠오를 때 생긴 약한 바람과 함께 작은 새들도 위로 올라가 구름 사이에서 산들바람을 따라 부드럽게 날아다녔다.

이건 다 운명이었다. 두 번의 마법 중 첫 번째 마법을 이렇게 써야만 했기 때문에 데암브로시스에게 남은 마법은 하나밖에 없었다. 한 번만 더 마법의 지팡이를 사용하고 나면 그는 다른 많은 사람처럼 평범한 남자로, 늙은 데다 못생기기까지 한 남자로 돌아가게 되리라. 그러니 지금까지 어떻게든 마법을 사용하지 않으려 애쓴 게 무슨 소용이 있단 말인가?

어쨌든 마법으로 곰들은 목숨을 구했다. 이제 마지막 멧돼지까지 높은 하늘의 작은 점 하나로 사라져 버렸다.

이미 오래된, 그 유명한 몰페타 경의 날아다니는 멧돼지 이야기는 이렇게 된 것이다.

제 3 장

근처에 오래된 성이 하나 있었다. 사실 그 시대에는 성이 아주 많았지만 우리가 말하는 성은 정확히 유령의 성이다. 성은 다 허물어져 흉측하고, 짐승들이 우글거렸는데 그곳에 유령들이 살아서 더욱 유명했다. 여러분도 잘 알겠지만 오래된 모든 성에는 대개 한 명, 기껏해야 두세 명의 유령이 산다. 그런데 유령의 성에는 몇 명이 사는지 셀 수도 없다. 수천은 아니더라도 수백 명이 낮이면 구석구석에 숨어 있다. 심지어 자물쇠 구멍에도 숨어 있다.

어떤 엄마들은 이렇게 말한다. 아이들에게 유령 이야기를 들려주는 게 무슨 취미인지 모르겠어. 유령 이야기를 듣고 나면 아이들이 놀라서 밤이면 생쥐 소리만 나도 비명을 지르잖아. 아마 그런 엄마들 말이 맞을 것이다. 하지만 다른 세 가지 사실도 생각해야 한다. 무엇보다 먼저 유령이 진짜 있다고 하더라도 유령들은 아이들에게 절대 해를 끼치지 않는다. 아니, 아이들만이 아니라 그 누구도 해치지 않는다. 겁을 내는 건 사람들이다. 설령 유령이나 귀신이 있다 해도(실제로 지금은 지구상에서 사라졌다) 바람, 비, 나무 그늘, 밤에 들리는 뻐꾸기 울음소리, 자연적이고 무해한 것들과 다르지 않다. 아무도 살지 않는 음산한 낡은 집에 유령들끼리만 있어야 한다면 슬플 게 틀림없다. 아마 인간들을 거의 본 적이 없어서 인간들을 두려워할지도 모른다. 그래서 우리가 조금만 진심을 보여도 유령들이 친절해지거나, 예를 들면 숨바꼭질 같은 놀이를 함께하고 싶어 할 수도 있다.

두 번째로는 시칠리아에는 유령의 성도, 대공의 도시도, 곰들도 존재하지 않는다는 사실이다. 아주 오래전 이야기여서 놀랄 게 정말 하나도 없다.

세 번째는 이야기가 정말 그렇게 전개되었기 때문에 우리가 달리 바꿀 수가 없다는 점이다.

절벽 위에 쓸쓸히 우뚝 솟은 유령의 성은
쥐 죽은 듯 고요하고 음산했다.
미신 때문인지 잘 몰라서인지
성에 대해 떠도는 소문은 으스스했다.
성에서 하룻밤을 보내면
아침이면 공포로 죽은 몸이 된다고들 했다.
유령, 망령, 귀신, 혼령, 밤에 나타나는
모든 영들이 한 부대를 이루었다!

심지어 하느님도 두렵지 않다고 큰소리치던 유명한 도적 마르토넬라도 뻣뻣하게 죽은 채로 발견되었다. 사실 그는 같은 도적들에게 둘러싸여 있을 때나 술에 취했을 때면 더욱 대담하고 오만해졌다. 하지만 그에게 포도주를 가져다주던 술집 주인도 없고 농담을 떠벌리며 용기를 북돋아 주던 동료도 없이 생전 처음 혼자, 허물어져 가는 을씨년스러운 성에 머물게 된 마르토넬라는 과거 일들을 생각하기 시작했다. 갑자기 자신이 저지른 비열하고 잔혹한 짓들이 전부 떠올랐다. 바로 그때 돈을 훔치려고 그가 죽인 두 늙은 뱃사공의 유령이 그의 앞으로 지나가자 한 번도 느껴 보지 못했던 두려움에 사로잡혔다. 두 유령은 그를 쳐다보지도 않았고 그가 있다는 사실조차 아는 체하지 않았지만 도적은 공포로 영원히 숨을 쉬지 못하게 되었다. 그날부터 사람들은 언제 어디서 도적이 튀어나올지 몰라 불안해하지 않고 다시 마음껏 밤거리를 돌아다닐 수 있었다.

지금 데암브로시스는 자신이 사용할 수 있는 두 번의 마법 중 한 번을 쓸 수밖에 없게 만든 레온치오 왕과 곰들에게 몹시 화가 나서 어떻게든 복수를 하고 싶었다. 곰들을 유령의 성으로 데려가야겠다는 기발한 생각을 했다. 순진한 곰들은 유령을 보기만 하면 그 당장에 저세상으로 가고 말 테니까.

데암브로시스는 이런 생각이 떠오르자마자 레온치오 왕에게 그날 밤은 곰들을 데리고 성에 가서 자는 게 좋겠다고 조언했다. 성에서 잠자리, 먹을거리, 즐길 거리를 찾을 수 있을 거라고 말했다. "제가 먼저 달려가서 필요한 준비를 하겠습니다."

데암브로시스는 유령들에게 이 사실을 알리려고 성으로 먼저 달려갔다. 마법사인 그는 유령들과 아주 친해서 그들이 하나도 위험하지 않다는 것을 누구보다 잘 알았다. 그래서 허물없이 그들을 대했다.

“나와 봐요, 나와 봐요, 친구들!” 데암브로시스 교수는 어느새 석양에 물든, 반쯤 무너져 버린 응접실들을 뛰어다니며 소리쳤다. “일어나요, 손님들이 오고 있어요!”

먼지 쌓인 커튼에서, 녹슨 갑옷에서, 검댕이 잔뜩 낀 벽난로에서, 낡은 책에서, 병에서, 심지어 예배당의 파이프오르간에서까지 유령들이 떼를 지어 나왔다. 솔직히 말하면 흉측한 몰골이어서 익숙하지 않은 사람이라면 도저히 좋은 인상을 받을 수 없었다. 하지만 데암브로시스는 개인적으로는 그런 사람들을 비웃었다. 그는 유령들의 가족이나 다름없었다.

소리를 지르는 것으로 만족하지 못하고
벽난로의 불을 살릴 때 쓰는 풀무로
틈새마다 바람을 불어넣고
귀족 유령들을 깨운다!
“백작 부인 일어나요.” 그가 속삭인다.
“고양이 울음소리를 흉내 내기 딱 좋은 날이에요.
고귀하신 귀족 나리들도
나와 주세요.
오늘 밤 프로그램은 아주 무시무시해야 해요.
고양이처럼 울기도 하고 통곡도 하고 이를 가는 거죠.
여러분이 무섭게 보이면 보일수록 더 좋아요.
그래야 레온치오 왕이 죽어 버릴 테니까.”

운명의 시간, 자정이 되었다! 제일 높은 탑에서, 이미 다 망가져 버린 오래된 괘종시계 유령이 기운 없이 열두 번의 소리로 시간을 알렸다. "댕! 댕!" 그러자 내려앉은 둥근 천장에서 박쥐들이 구름처럼 날아올라 사방으로 흩어졌다. 바로 그 순간 레온치오 왕이 자신의 백성들을 거느리고 제일 먼저 황량한 성의 입구로 들어섰다. 그는 불도 켜지지 않고 음식이 차려진 식탁도 없고 오케스트라도 없어서(데암브로시스가 그렇게 약속했다) 깜짝 놀랐다.

오케스트라는커녕!

구석에 걸려 있던 커다란 거미줄에서 열두 명의 유령들이 나타나 일그러진 얼굴로 뭐라 웅얼거리며 레온치오 앞으로 걸어 나왔다.

'곰들은 순진하니까 겁이 나서 죽을 지경일걸.' 데암브로시스가 생각했다. 계산 착오였다. 단순하고 순진한 곰들은 그 이상한 환영들을 호기심 어린 눈으로 바라만 보았다. 놀랄 게 뭐 있나? 유령들은 이빨도, 엄니도, 손톱도 없었다. 목소리는 부엉이 울음소리와 비슷했다.

"와, 저것 좀 봐요, 하얀 시트가 저 혼자 춤을 춰요!" 어린 곰이 소리쳤다.

"얘, 예쁜 손수건아, 넌 왜 그렇게 빙글빙글 도는 거야?" 다른 곰이 자기 코앞에서 빙빙 도는 창백한 꼬마 유령에게 물었다.

그러다가 곧 유령들도 동작을 멈추었고 웅얼거림도 일그러진 얼굴도 사라졌다.

"이게 누구십니까?" 유령 하나가 작지만 흥분한 목소리로 외쳤는데 곧 말투가 완전히 달라졌다. "우리 폐하께서! 그런데 어떻게? 제가 누군지 모르시겠습니까?"

"그런데 솔직히…… 누구신지……" 레온치오가 놀라서 말을 더듬었다.

"테오필로예요." 유령이 대답하더니 다른 동료들을 가리켰다. "여기는 제데오네, 보피스, 작은 발, 큰 코, 폐하의 충성스러운 곰들인데 모르시겠습니까?"

마침내 레온치오 왕은 그들을 알아보았다. 전투에서 죽은 곰들이 벌써 유령이 된 것이다. 성으로 피신한 곰 유령들은 금방 인간 유령들과 친구가 되었고 함께 어울려 행복하게 살았다. 그런데 겉모습은 예전과 딴판이었다! 사랑스럽던 코와 힘이 넘치던 발, 풍성하고 아름답던 털은 다 어디로 갔지? 곰들은 투명하고 부드럽고 창백하며 나타났다 금방 사라지는 베일로 변해 버렸다!

"용감한 나의 곰들이여!" 레온치오가 감격해서 두 손을 뻗었다.

그들은 포옹을 했다. 아니, 적어도 포옹을 시도는 해 보았다. 진짜 곰과 손으로 만져지지 않는 곰 유령이 포옹하기는 쉬운 일이 아니었으니까. 그사이 도착한 곰과 곰 유령들이 서로 마주 보고 섰다. 다시 만난 곰과 곰 유령들 사이에 웃음꽃이 피고 기쁨의 함성이 터져 나왔다.

처음에는 수줍어 머뭇거리던 인간 유령들도 곧 즐겁게 사방으로 뛰어다녔다. 유령들은 드디어 조금이나마 재미있게 즐길 기회가 찾아온 게 믿어지지 않았다. 횃불을 밝히고 급히 만들어진 오케스트라의 연주에 맞춰 즉석에서 춤을 추기 시작했다. 첼로, 바이올린, 플루트가 연주되었고 두말할 필요도 없이 가수와 발레리나도 빠지지 않았다.

그런데 데암브로시스는? 대체 왜 안 보이는 거지? 그는 어두운 한쪽 구석에 숨어 그 광경을 지켜보며 곰들에게 저주를 퍼부었다. 그뿐만 아니라 겁을 주지 못한 바보 같은 유령들을 욕하기도 했다.

데암브로시스 교수는 곰들을 유령들의 소굴인 무시무시한 유령의 성으로 데려간다. 곰들이 모두 겁에 질려 죽게 만들려는 속셈이다. 그는 결과적으로 그런 폐허 속에서 음악이 연주되고 다 같이 노래하고 왈츠와 미뉴에트를 추는 축제가 벌어지리라고 상상이나 할 수 있었을까?

그래 봐야 그날 밤은 달리 어떻게 할 방법이 없었다. 곰과 유령들은 춤을 추고 노래하고 친구가 되었다. 나이가 아주 많은 한 유령이 성의 지하 포도주 창고로 가서 수북이 쌓인 해골 더미와 거미와 몸집 큰 쥐들 속에서 오래된 포도주 한 통을 꺼내 왔다. 대공에게도 그런 포도주 통은 없었다. 레온치오는 왕으로서 첫 번째 술잔을 함께 나눈 뒤, 지혜롭고 신중한 곰이었던 테오필로 유령과 따로 떨어져 이야기를 나누고 싶어 했다. 레온치오는 테오필로와 현재 상황을 한참 의논한 뒤 납치된 아들을 찾을 가능성이 있을지 그의 의견을 물었다.

"아, 토니오!" 그때 테오필로가 말했다. "말씀드린다는 걸 잊고 있었습니다! 제가 아드님 소식을 들은 거 아세요? 토니오가 있는 곳은 T……"

테오필로는 말을 다 마치지 못했다. 댕! 댕! 댕! 오래된 괘종시계 유령이 시간을 알렸다. 새벽 3시! 마법이 풀릴 시간이다! 유령들은 즉시 냄비에서 나오는 증기처럼 흩어지고 옅은 안개로 변했다. 안개는 가벼운 속삭임과 함께 응접실에서 잠깐 머물다가 곧이어 그마저도 사라졌다.

레온치오는 통한의 눈물을 삼키지 않을 수 없었다. 아들 토니오가 어디 있는지 알게 될 찰나였다고 생각해 보라! 포기를 하는 수밖에 없었다. 다음 날 밤까지 기다려 봐야 소용이 없을 것이다. 유령들의 법에 따르면 유령은 1년에 한 번 이상 모습을 보일 수 없었다.

제 4 장

레온치오의 아들, 어린 토니오는 그러니까 "T……"에 있었다. 하지만 빌어먹을 그 T가 대관절 뭘 가리키는 걸까? 유령 테오필로는 무슨 말을 하고 싶었던 걸까? 레온치오는 T로 시작되는 단어를 추측해 보려 애썼다. T로 시작되는 단어가 얼마나 많던지! Tavoliere delle Puglie(풀리아 평야)? Tiro a segno(사격장)? Teatro(극장)? Tropico(열대지방)? Tribunale(법정)? Tavolo(탁자)? 아, 아무리 생각을 해 봐도 소용이 없었다. 아니면 테오필로는 토니오가 무엇인가의 'Termine(끝)'에 있다고 말하려 했던 걸까. 예를 들면 고난의 끝이거나 인생의 끝(이건 너무 끔찍한 생각이다)? 그러다가 누군가 말했다. "테오필로 노인이 혹시 이 근처에 있는 트레몬타노(Tremontano, 세 개의 산) 성을 말한 게 아닐까요?"

레온치오 왕은 그런 이름을 처음 들어 봤지만 아는 게 많은 몇몇 곰이 그에게 설명을 했다. 트레몬타노 성은 펠로리타니 산맥 사이에 난 좁은 골짜기 끝에 있는 보잘것없는 성인데 여기서 기껏해야 15킬로미터에서 20킬로미터 정도밖에 떨어져 있지 않았다. 그 성에는 트롤이 라는 괴물이 혼자 살았다.

괴물 트롤이 어린 곰을 잡아갔을까? 가서 확인하는 방법밖에 없었다. 레온치오 왕은 대대와 함께 원정대를 준비했다.

괴물은 잠들어 있었다. 괴물은 늙을 대로 늙어 식사 때 몇 분을 빼놓고는 하루 종일 침대에서 보냈다. 먹을거리는 잘 준비해 두었다. 여기서 알아 둘 게 있는데 괴물은 오래전 고양이 맘모네를 잡았다. 고양이는 거의 집채만 했다. 성 안뜰의 우리에 갇힌 고양이 맘모네는 괴물이 시키는 대로 해야 했다.

여러분 모두 고양이 맘모네 이야기를 한 번쯤은 들어보지 않았을까? 맘모네는 한때는 유럽 전역을 누비며 인간과 말을 잡아먹었다. 이따금 이런 소리가 들리곤 했다. "맘모네가 온다!" 그러면 마을 사람들은 산으로 도망치거나 대문을 걸어 잠갔다. 하지만 맘모네는 바람처럼 빨랐고 항상 제때 피하지 못한 사람을 찾아내곤 했다. 그러던 어느 날 트레몬타노 성이 있는 골짜기로 들어가게 되었는데 괴물 트롤이 때를 맞춰 마녀들의 머리카락으로 만든 그물을 가지고 잠복해 있었다. 그렇게 고양이 맘모네는 트롤의 포로가 되어 거대한 우리에 갇히고 말았다.

설명을 하자면 지금까지의 상황은 이랬다.

괴물은 골짜기 입구에 가짜 길 안내판들을 세워 놓았는데 이런 것들이었다. '쿠카냐 여관, 식사와 숙박 무료, 걸어서 20분 거리' 또는 '어린이 여러분! 놀라운 장난감을 공짜로 줍니다!'. 그리고 방향을 알리는 화살표가 그려져 있었다. 이런 안내판도 있었다. '사냥 금지'. 그러면 사냥꾼들은 즉시 그쪽 방향으로 걸음을 재촉했다.

여행자들, 학교에 가지 않고 들판을 쏘다니던 말 안 듣는 아이들, 야생동물을 잡으려는 밀렵꾼들이 그렇게 트레몬타노로 갔다.

그런 사람들이 도착하면 보초를 서던 까마귀들이 괴물 트롤의 방으로 급히 날아가서 부리로 쪼아 괴물을 깨웠다. 그러면 트롤이 고양이 맘모네 우리의 문을 열었고 고양이가 재빨리 한 발을 내밀어 지나가던 사람을 갈기갈기 찢어 놓았다. 그러고 나면 트롤은 제일 부드럽고 맛있는 살을 골랐고 나머지는 맘모네에게 던져 주었다.

지금 괴물은 잠들어 있었다. 방금 베피노 말린베르니라는 아이를 맛있게 먹어 치운 뒤였다. 베피노는 초등학교 3학년인데 그날 아침 학교를 빼먹고 골짜기에 왔던 것이다.

까마귀 한 마리가 창문으로 급히 날아 들어와서 괴물의 침대로 갔다. 그리고 온 힘을 다해 부리로 괴물의 코를 쪼았다.

"무슨 일이야, 이놈아?" 트롤이 눈도 뜨지 않은 채 투덜거렸다.

"누가 왔습니다, 트롤님, 누가 왔어요." 까마귀가 까악까악 울었다.

"제기랄! 편히 잠도 못 잔단 말이야?" 괴물이 욕을 하며 침대에서 뛰어내렸다.

깎아지른 듯한 절벽에 난 길을 지나 성에 가까이 다가오고 있는 사람이 누굴까? 나그네, 아이, 사냥꾼들, 아니면 다른 먹잇감일까? 숨이 턱까지 차오르게 뛰어오는 데암브로시스 교수였다.

"이봐! 거기 서!" 그와 오래전부터 아는 사이인 괴물 트롤이 소리를 질렀다. "여기까지 무슨 일이지?"

"일어나 봐, 트롤." 데암브로시스가 창문 밑으로 가며 말했다. "곰들이 오고 있어!"

"좋아, 좋아." 괴물이 대답했다. "곰이라. 곰 고기는 최고지. 약간 질기기는 하지만 그래도 맛은 좋아. 그래, 몇 마리나 오는 거야? 두 마리?"

"두 마리라면 말도 안 하지." 데암브로시스가 비웃었다. "그것보다 훨씬 많아."

"열 마리란 말이야? 내 고양이가 배불리 먹겠는걸!"

"열 마리면 말도 안 하지." 데암브로시스가 배꼽을 잡으며 웃었는데 이건 보기 드문 일이었다.

"당장 말 안 할 거야? 빌어먹을 마법사야!" 괴물은 산이 쩌렁쩌렁 울리게 고함을 쳤다. "빨리 말해, 몇 마리야?"

"그렇게 알고 싶다면 말하지, 한 대대야. 이삼백 마리는 될걸. 자넬 만나러 오는 중이야."

"이런 제기랄!" 트롤이 그제야 흡족해서 크게 소리쳤다. "그럼 이제 어떻게 해야 하지?"

"자네 고양이를 자유롭게 풀어 놔! 우리를 열라고. 고양이가 알아서 다 처리할 테니까."

고양이 맘모네를 자유롭게 해 주라고? 그러다 일이 끝나고 자유롭게 제 갈 길로 가면 어쩌지? 그러나 훌륭한 생각이기는 했다.

게다가 시간이 별로 없었다. 산등성이를 타고 구불구불 이어지는 길이 시작되는 저 아래 골짜기 밑에서 벌써 검은 점들이 길게 한 줄로 전진하는 게 보였다. 끝없이 긴 줄이었다.

트롤은 뜰로 내려가 우리 문을 열었다.

화창한 날이었다. 곰들은 숨을 몰아쉬며 열심히 올라갔다. 바로 그 때 소나기라도 내릴 듯 검은 구름에 햇살이 사라져 버렸다.

곰들이 눈을 들었다.

오, 세상에나! 소나기를 몰고 올 먹구름이 아니라 고양이 맘모네의 그림자였다. 고양이는 우뚝 솟은 바위들에서 곰들을 향해 뛰어내리는 중이었다.

까치 빈대
돼지 귀뚜라미
학 거미
뱀파이어 개
벼룩 아르마딜로
긴뿔파리 멧돼지들이
모두 맘모네에게는
맛 좋은 먹이!

주세페 안토니오 피에트로 에바리스토
주방조수 공작 어린이 화가
베르나르도 카를로 체사레 마리오
공증인 후작 공무원들
모두 맘모네에게는
맛 좋은 먹이!

피와 살상
비명 절규 무덤
파멸 붕괴 폐허
살육과 학살
맘모네에게는
모두 좋지!

곰들은 그런 광경을 본 적이 없었다. 그래서 어떤 곰은 도와 달라고 울부짖었고 어떤 곰은 달아난다. 몸을 최대한 웅크려 바위틈에 숨어 보려는 곰도 있고 소용없는 줄 알면서도 방어를 하려고 총을 쏘는 곰, 전설적인 괴물의 먹이가 되기 싫어서 벼랑으로 몸을 던지는 곰까지 있다.

이성을 잃지 않은 곰은 하나뿐이다. 스메릴리오라는 곰이었는데 좋은 집안 출신이 아니었고 그때까지는 많은 곰들에게 바보 취급을 당했다. 가는귀를 먹었기 때문이다. 하지만 이번에는 귀가 잘 들리지 않아도 상관없다. 동료들을 죽음으로 몰아넣는 고양이 맘모네를 보자 스메릴리오는 대공에게서 빼앗은 성능 좋은 폭탄을 자루에서 꺼내서 앞발로 꽉 쥔 채 괴물의 입을 향해 달려간다.

"스메릴리오, 너 미쳤어, 뭐 하는 거야?" 누군가 소리친다. 하지만 스메릴리오는 죽음을 향해 직진한다.

고양이가 손을 댈 필요도 없다. 고양이는 바로 입 앞에 있는 스메릴리오를 보고 게걸스레 통째로 꿀꺽 삼켜 버린다. 스메릴리오는 괴물의 배 속으로 굴러 들어간다. 맨 밑에 도착하자 도화선에 불을 붙인다.

펠로리타니 산맥의 깊은 골짜기에서 곰들은 피에 굶주린 고양이 맘모네의 공격을 받는다. 곰들은 달아나기도 하고 소용없는 줄 알면서 방어를 하려고 총을 쏘기도 하고 몸을 숨기기도 하고 전설적인 괴물의 먹이가 되기 싫어서 벼랑으로 몸을 던지기도 한다.

눈부신 섬광, 시커먼 구름, 피를 얼어붙게 만드는 고양이 울음소리.

잠시 동안 다들 무슨 영문인지 어리둥절하다. 곧 검은 구름이 바람에 실려 흩어진다. 그러자 곰들이 모두 미친 듯이 춤을 추고 승리의 노래를 부른다.

배가 갈기갈기 찢긴 채 죽은 고양이가 골짜기 바닥에 쓰러져 있다. 거기서 멀지 않은 곳에 동료들을 위해 희생한 용감한 곰 스메릴리오가 있다. 온몸이 시커멓게 그을리고 멍투성이다. 그는 폭탄이 터질 때 맘모네의 배에서 튕겨져 나왔는데 다행히 커다란 물웅덩이에 떨어져서 추락의 충격이 완화되었고 온몸에 붙은 불도 꺼졌다. 그는 혼자 힘으로 일어서서 다시 걸을 수 있다. 훌륭하다!

하지만 그때 누군가 외치는 소리가 들린다. "토니오, 내 아들 토니오, 어디 있니?" 레온치오 왕이다. 그는 아들을 찾으리라는 희망에 부풀어 성으로 달려간다. 성의 안뜰로 들어가 방마다 돌아다니며 아들을 찾아다닌다. 아무도 없다. 괴물 트롤과 마법사 데암브로시스는 산으로 달아나 버렸다. 토니오의 흔적은 찾을 수 없다. 사방이 텅 비어 있고 고요할 뿐이다.

오오, 얼마나 많은 노력이 물거품이 되었는지, 얼마나 많은 곰들이 헛되이 목숨을 잃었는지, 환상을 갖지 않는 게 좋았다.

제 5 장

수도 초입에는 코르모라노 성이 높이 서 있었다. 요새 중의 요새로 그 시대에 알려진 요새 중에 가장 튼튼했다. 그 성문을 통과해야만 도시로 들어갈 수 있었다. 하지만 묵직한 쇠로 된 성문은 굳게 닫혀 있어서 아무도 들어갈 수 없었다. 많은 군대들이 성문 안으로 들어가려 시도해 보았다. 몇 달 동안 수도 근처에서 진을 치고 성벽을 무너뜨리기 위해 계속 대포를 발사했지만 그게 다 무슨 소용이 있었겠는가? 지치고 절망한 군대들은 단념하고 후퇴해야만 했다.

지금 대공은 성안의 안전한 곳에서 교황처럼 평온하게 지냈다. 곰들이라니? 곰들이 공격을 시도하면 그는 아주 기쁠 것이다. 곰들에게 사용할 탄알과 대포알과 수류탄이 산더미처럼 준비되어 있었다. 성벽 위에서 보초를 서는 병사들이 어깨에 소총을 메고 순찰을 돌았다. "경계! 경계!" 병사들은 30분마다 서로에게 외쳤다. 모든 일이 아무 탈 없이 계획대로 진행되었다.

그러나 곰들은 투박한 노래에 박자를 맞춰 계곡을 따라 걸어왔다.

이제 전투는 끝났다고 생각했다. 큰 도시의 성문이 그들을 위해 열리고 사람들이 포카치아 빵과 꿀이 잔뜩 든 항아리를 가지고 그들을 환영하러 오리라고 생각했다. 그들은 용감하고 선량한 동물 아니던가! 인간들이 즉시 그들과 친구가 되지 못할 이유가 있을까?

드디어 밤이 되자 환하게 불이 켜진 도시의 탑들과 은빛 돔, 하얀 저택, 그 안의 아름다운 정원들이 지평선에 모습을 드러냈다. 하지만 높디높고 절벽처럼 무시무시한 성벽이 곰들을 가로막았다. 모퉁이 탑에서 보초를 서던 병사가 곰들을 보았다. "거기 누구냐?" 병사가 있는 힘을 다해 외쳤다. 앞으로 걸어 나오는 곰들을 보자 총을 쏘았다. 세 살짜리 어린 곰이 한쪽 다리에 총알을 맞아 흙바닥에 쓰러졌다. 그러자 전 부대가 그 자리에서 걸음을 멈추었다. 깜짝 놀라기도 했지만 약간 겁이 나기도 했다. 대장들이 대책을 세우기 위해 모였다.

용기를 내, 곰들이여. 이번 장애물까지 뛰어넘으면 모든 게 끝날 테니까. 성안에 먹을 것과 마실 것과 즐길 거리가 있다. 그리고 산에서 사냥꾼들에게 잡혀간 레온치오 왕의 아들이 있을지도 모른다. 내일은 전투가 벌어질 것이다. 내일 밤은 승리의 밤이 되리라.

하지만 성은 높은 성벽들에 둘러싸여 있었는데 각각의 성벽은 보통보다 스무 배나 더 높았으며 완전무장한 병사들 수백 명이 성벽 위 가장자리에 배치되어 있었다. 대포의 시커먼 포구들은 총안 밖으로 튀어나와 있었다. 평상시에는 아주 욕심이 많은 대공이 병사들의 사기를 북돋기 위해 포도주와 브랜디와 아니스 리큐어*를 통째로 나눠 주

* 아니스 같은 향신료를 술에 담가 향을 우려낸 술.

었다. 사람들이 기억하기로는 나라에 큰 경사가 있는 날에도 절대 없었던 일이었다.

다음 날 아침 6시, 사방에서 공격을 알리는 나팔 소리가 들려왔다. 곰들은 국가에 맞춰 공격에 뛰어들었다. 그런데 어떻게 공격을 하지? 어떻게? 소총과 검만으로 돌로 쌓은 성벽과 거대한 쇠문을 어떻게 공격한다는 걸까? 위에서 일제사격이 시작되어 불길과 연기와 비명 소리로 아수라장이 되었다. 성벽 위에서 큰 바위를 던지기까지 했다.

"전진하라, 나의 용사들이여!" 레온치오 왕이 싸우는 곰들을 격려하기 위해 크게 외쳤다. 하지만 그것은 멋진 외침에 불과했다. 그들은 아래에, 적들은 위에 있었다. 레온치오 왕의 주위에서 제일 용감한 전사들이 하나씩 마지막 숨을 거두었다. 산 위에서 용맹했던 곰들이 파리처럼 죽어 갔다. 어떤 곰들은 성벽의 벽돌 틈으로 발톱을 집어넣어 모서리를 타고 기어 올라가 보려 했다. 10미터를 올라간 곰도 있고 15미터를 올라간 곰도 있지만 곧 포탄을 맞고 아래로 굴러떨어졌다.

완전히 난리판이었다.

그런데 사실 그대로 그린 그림을 보면 성벽 가장자리에 곰들이 있고 심지어 대공의 병사들보다 훨씬 더 높이, 요새의 탑 위에까지 올라간 곰이 보이는데 어찌 된 일일까? 그림에서는 왜 곰들이 승리하는 듯이 보일까? 그림을 그린 사람은 왜 이런 장난을 한 걸까?

그 이유는 그사이 일주일이 지났기 때문이다. 곰들은 처음 공격에서 크게 패해 후퇴한 뒤 두 번째 공격을 준비했다. 기계를 만드는 데 뛰어난 재능이 있는 늙은 곰 프란지파네가 왕에게 가서 말했다. "폐하, 상황이 좋지 않습니다. 첫 번째 전투에서 크게 타격을 입었습니다…… 두 번째도 똑같을 겁니다, 폐하……"

"알고 있네, 프란지파네." 레온치오가 대답했다. "좋지 않아, 아니 아주 나쁘지."

"우리는 심각하게 패했습니다." 프란지파네는 의례적인 말들을 생략하고 다시 말했다. "만일 준비하지 않으면 다시 패하게 될 겁니다."

"어떻게 준비한다는 건가?"

"현기증을 느끼지 않는 곰 오십여 마리가 필요합니다. 이리 와서 보십시오, 폐하. 제가 보잘것없는 걸 만들었는데……" 그러면서 레온치오에게 안내했다.

발명에 놀라운 재능을 가진 프란지파네는 이동 중 여기저기에서 모은 도구들을 가지고 한쪽 구석에 작업장을 만들고 이상한 기계들을 제작해 놓았다. 소 한 마리가 그 뿔까지 통째로 들어갈 수 있을 정도로 포구가 어마어마하게 큰 박격포 한 대와 거대한 투석기 한 대가 있었다. 매우 긴 사다리들과 기이한 여러 가지 물건들도 보였다.

"이것들을 이용하면 우리는 뭔가 해낼 수 있을 겁니다. 두고 보세요." 프란지파네가 기계들이 사용될 곳을 설명한 뒤 말했다.

실제로 해냈다. 곰들이 다시 공격을 시작했을 때 대공은 사태 파악을 위해 자기 숙소에서 한 발짝도 움직이지 않았다. 그 정도로 곰들이 완전히 패했다고 믿었다. 그래서 그날 저녁 극장에 갈 생각으로 은색과 보라색 수가 놓인 흰색 제복으로 갈아입었다. 병사들의 용기를 북돋우기 위해 술을 다시 배급하라는 명령만 내렸다.

하지만 그날 아침에는 포도주와 브랜디만으로는 부족했다. 무슨 일이 벌어졌는지 여러분이 확인해 보길.

거대한 박격포가 발사된다.

포탄이 말이라도 되는 양

곰 한 마리가 포탄을 타고 곧장

날아간다.

(유명한 뮌히하우젠 남작[•]과 다른 시대에 다른 이유로 포탄을 타고 난다.)

이제 투석기를 보자.

두 번째 곰이 발사대에서

떨고 있다.

(실패하지는 않겠지?)

그러니까 그도 드넓은 하늘로

발사된다.

곰들은 새들처럼 하늘을 날아

성의 탑에 내려앉는다.

그러면 사다리들은?

곰들이 거대한 게처럼

사다리를 기어오른다.

그중 어떤 사다리가 중간에 끊어져

무너져 내리고 참사가 일어난다.

(예를 들면 대참사의 현장

오른쪽 밑을

자세히 보라.

• 18세기에 실존했던 독일의 인물로, 자신의 무용담을 허풍과 해학을 곁들여 들려 주었다. 그중 전쟁터에서 포탄을 타고 날아다니는 일화가 유명하다.

곰들은 레온치오 왕의 지휘 아래 수도 초입에 있는 코르모라노 성을 공격한다. 32시간의 치열한 전투 끝에 곰들은 성을 점령한다. 프란지파네의 지혜로운 통찰력과 그가 고안한 무기 덕이다.

머리에 부상을 입어

고통스러운 표정의 전사가 있다.

하지만 잠시 후

그가 온 힘을 다해 돌진하는 게 보인다.)

높아지는 사기.

점점 가열한 양상을 보이는 포위 공격.

요새의 사령부가 작전 계획을 논의할 때

투석기에서 스물일곱 마리의 곰이 발사된다.

다른 스물세 마리는 대포에서 날아간다.

사다리의 곰들도 한 마리씩 기어오른다.

술에 취한 대공의 병사들은

새로 고안된 치명적인 무기들에 익숙지 않다.

브랜디로 배가 출렁이는 병사들은

싸울 용기를 잃어버린다.

어떻게 더 자세히

설명해야 할지 모르겠다.

누군가 외친다. "각자 알아서 도망쳐!"

달아나는 사람, 아래 도랑이 흐르는 쪽으로

뛰어내리는 사람도 있다.

그렇게 해서 오만한 대공의 병사들은 패배하고

곰들은 승리를 거둔다!

제 6 장

한편 그날 밤 대공을 위한 공연이 준비된 엑셀시오르 대극장은 더할 나위 없이 화려하고 우아했으며 사교계 인사들로 북적였다. 일주일 전에 곰들을 성벽에서 물리쳤기 때문에 이런 행사로 승리를 축하하는 게 당연했다. 극장 안은 고급스러운 비단 드레스와 화려한 제복으로 눈부시게 빛났다. 인도 왕자와 공주, 군복을 입은 전 부대의 장교들, 후작, 백작, 자작, 남작, 심지어 우리도 정확히 어떤 작위인지 모르는 란트그라프▾도, 페르시아 궁정의 고관 두 사람도 그 자리에 있었다. 변장을 한 데암브로시스 교수도 보였다(100미터 떨어진 거리에서도 얼굴을 보면 금방 아는데 변장을 한들 소용이 있을까?). 그는 한시도 벗지 않는, 꼭대기가 1미터 50센티나 되는 중산모자를 쓰고 특별관람석에 혼자 앉아 있었다. 대공을 기쁘게 하려고 특별히 마련된 프로그램과 등장인물은 다음과 같다.

▾ 독일의 군주, 제후.

— 발레리나 여섯 명과 무어인 한 명이 추는 무화과 춤.
— 허황한 소리를 하는 광대들.
— 칼과 불을 먹고 동굴 같은 입으로 카드 다발을 삼키는 곡예사들.
— 사람을 해치지 않는 사자와 호랑이들.
— 마술사와 복화술사(그러니까 배를 이용해 말하는 사람들).
— 프랑스 발레리나 스무 명.
— 바다표범과 말 공연.
— 흰색 검은색 코끼리 여덟 마리.
— 모자를 쓰고 장갑을 낀, 훈련이 된 말하는 벼룩들.
— 마지막으로 아무도 따라올 수 없는 천재
어린 곰 골리앗.
어린 건 사실이지만,
아주 중요한 순서에 등장한다.
실제로 어디에서도 그렇게 경이로운
공연을 찾아보기 힘들다.

관객들은 아침부터 곰이 다시 도시를 공격했다는 소식을 들었다. 그래서 솔직히 말해 약간 불안했다. 하지만 대공과 대공 부인이 위풍당당하게 입장을 하자 모든 불안감이 사라졌다. 대공 각하 부부가 공연에 참석했다면 다행히도 일이 전부 잘되어 간다는 뜻이었다. 오케스트라가 연주를 하고 발레리나들이 나비같이 춤을 추었다. 복화술사는 모든 게 속임수라고 믿는 무식한 사람들이 불신의 눈으로 바라보는 가운데 배 속으로부터 소리를, 말하자면 무덤에서조차도 나올 것

같지 않은 목소리를 끌어냈다.

가끔 대공이 신호를 보냈고 그러면 장교가 그의 옆으로 달려와 명령을 받았다.

“새로운 소식은?” 대공이 물었다.

“아무것도 없습니다, 각하.” 장교는 전혀 유쾌하지 않은 진실을 말할 용기가 없어 이렇게 대답했다. 그래서 오케스트라는 계속 연주를 하고 발레리나는 춤을 추고 마법사는 늙은 호박들 속에서 살아 있는 토끼들을 꺼냈고 복화술사는 배로 다양한 이야기를 들려주었으며 심지어 짧은 노래까지 불러 박수갈채를 받았다. 대공은 기분이 좋아 웃었고 자신도 공연을 즐겼다.

모든 게 순조롭지 않을지도 모를 텐데?

사실은 모든 게 파국을 향해 갔다. 곰들이 요새를 차지했고 수도의 거리로 쏟아져 들어왔다.

마침내 가장 끔찍한 비극이 대극장에서 벌어졌다. 관객들의 우레와 같은 박수를 받으며 어린 곰 골리앗이 벌써 놀라운 곡예를 시작해서 무대에서 20미터 높이에 있는 외줄에 서서 중국식 우산을 돌리고 있을 때 이상한 목소리가 들리더니 출입구의 커튼이 열렸다. 레온치오 왕이 무장한 곰 부대를 데리고 1층의 객석에 나타났다.

“아악, 곰, 곰들이!” 일등석 세 번째 줄에서 란트그라프의 아내가 겁에 질려 제대로 말도 못 하고 숨을 내쉬다가 기절해 버렸다.

“두 손 들어!” 곰들이 세련된 관객들에게 명령했다.

전부 공포로 얼어붙어 두 손을 들었다(발레리나들만 예외였다. 겁에 질린 발레리나들은 한쪽 다리를 든 채로 석상으로 변해 버렸다. 그 상태 그대로 극장의 정면에 배치되어 오늘날에도 역사적인 사건을 영원히 기리고 사람들은 감탄의 눈으로 바라본다).

그런데 레온치오는 뭘 하는 걸까? 그의 숙적인 대공을 공격하는 대신 곡예사 곰을 왜 그리 뚫어지게 보는 걸까? 무엇 때문에 무대 쪽으로 앞발을 내밀고 술에 취한 것처럼 비틀거리는 걸까?

이제, 가장 중요한 순간이니
여러분이 알아맞혀 보는 게 어떨까?
그러니까 곡예를 하던 어린 곰이
누구인지 아는 사람?
맹세컨대 여러분이 이미 만난 적이 있고
그때도 숨을 죽였다.
조금만 더 생각해 보도록. 좀 더 버티면
분명 생각이 날 거다.
여러분은 귀신보다 더 잘 알아맞히니까.
그러면 누굴까? 그것은 다름 아닌……

"토니오!" 납치되었던 아들을 알아본 레온치오가 마침내 말로 표현하기 힘든 목소리로 외쳤다.

그러자 어린 곰도 여러 해가 지나긴 했지만 그게 아빠의 목소리라는 걸 금방 알았다. 실제로 너무 놀라 비틀거리다가 밑으로 떨어질 뻔했지만 훌륭한 곡예사인 토니오는 금방 균형을 되찾았고 잊지 않고 우산을 돌리며 위험한 곡예를 계속했다.

엑셀시오르 대극장을 공격하는 역사적인 장면. 승리한 곰들이 대극장으로 돌진했을 때 레온치오 왕은 외줄타기를 하는 곡예사가 어릴 때 납치된 자신의 아들이라는 것을 알아보았다. 그러자 대공은 복수를 위해 어린 곰에게 권총을 발사한다.

“아빠, 아빠.” 환히 빛나는 극장의 불빛 속에서 공중의 줄에 서 있는 훌륭한 어린 곰이 중얼거렸다. 사람들은 흥행을 위해 그에게 골리앗이라는 우스꽝스러운 이름을 붙였다.

그런데 갑자기 ‘탕!’ 소리가 들린다. 모두 화들짝 놀란다. 모든 사실을 알게 된 대공이 복수를 위해 권총을 토니오에게 쏜 것이다! 보석이 박힌 오닉스 손잡이의 대공의 권총은 백발백중이었다. 그는 눈앞에 있는 적 레온치오를 표적으로 삼을 수 있었다. 하지만 대공은 일반적으로 생각하는 것보다 훨씬 더 사악했다. 그는 레오치오의 아들을 죽이는 편을 택했다.

끔찍하고도 끔찍한 일이었다! 시간을 아끼기 위해 그 이후 모두 얼마나 동요했는지 자세한 묘사는 생략하도록 하자. 모두 비명을 지르고 욕을 퍼붓고 눈물을 흘린다. 그 즉시 1층 객석에 있던 곰들이 총을 쏘기 시작하고 대공에게 일제히 발사한다. 대공은 그 자리에서 쓰러져 죽는다. 곧 매캐한 탄약 냄새가 극장 안으로 퍼진다. 노병들은 냄새를 맡으며 추억에 젖었지만 귀부인과 아가씨들은 기침을 한다.

그런데 토니오는? 아아, 토니오는 총에 맞아 무대로, 이미 돌로 굳어 버린 발레리나들 가운데로 거꾸로 떨어진다. 무대에 떨어져 기절을 한 채 누워 있었고 아빠가 아들을 구하러 달려간다.

레온치오가 아들을 품에 안는다.
눈물이 그의 뺨을 적신다.
“토니오, 사랑하는 내 아들,
이제 겨우 만났는데 날 떠나려는 거야?”

울며 아들을 꼭 껴안는다.

그러자 어린 아들이 한쪽 눈을 겨우 뜨고 대답한다.

"전 이제 끝이에요, 아빠.

아빠에게 할 수 있는 건 작별 인사밖에 없어요."

왕이 어린아이처럼 운다.

"안 돼, 그런 말 하지 마라, 토니오.

불행은 다 지나갈 테니 두고 봐.

행복한 시간이 찾아올 테니 두고 봐.

네 고통도 곧 다 사라질 거야.

꽃 속에서 행복하게 노는 거야."

꽃 속에서 행복하게 노는 것! 하지만 아무도 그걸 믿지 않는다. 숨죽이고 숨었던 귀족들과 주요 인사들이 눈물 젖은 눈으로 말없이 고개를 든다. 여러분도 보다시피 심지어 데암브로시스 교수의 수염까지 살짝 떨린다. 어린 곰은 죽게 되는 걸까? 온갖 고난을 겪으며 아들을 찾으려던 아버지의 노력이 물거품이 되는 걸까? 이런 비극이 위대한 승리를 불행으로 이끌게 될까? 운명은 그렇게 잔인한 걸까?

하나 둘 셋 넷

이런 생각들이

침울하게 고요한 극장에

맴돈다.

제 7 장

어린 곰이 피를 흘리며 누워 있을 때, 레온치오 왕이 절망적으로 흐느낄 때, 관객들이 그 끔찍한 광경을 보고 마음이 아프고 놀라서 그 자리에서 돌처럼 꼼짝하지 않을 때, 노랫소리와 음악과 박수 소리가 가득했던 대극장에 비극적인 침묵이 흐를 때, 닫아 두는 걸 잊은 작은 창문으로 하얀 비둘기 한 마리가 들어와 극장 안을 경쾌하게 날아다녔다.

비둘기는 평화와 선의의 상징이었다. 비둘기는 많은 것들을 알고 있었기 때문에 납치된 아들을 되찾은 경사를 함께 축하하기 위해 바로 그때 극장을 찾은 것이다. 하지만 주위 사람들과 곰들의 표정을 보고 안 좋은 일이 벌어졌다는 것을 금방 알아차렸다. 곧이어 피 흘리는 아들을 품에 안은 레온치오 왕을 발견했다. 그러니까 비둘기의 날갯짓이 어울리지 않는 순간이었다. 관객들이 불쾌감을 노골적으로 드러내며 비둘기를 보았다. 그냥 그 자리를 떠나 버릴까? 어두운 한쪽 귀퉁이에 숨어 버릴까? 하지만 그 순간에 딱 맞는 영감이 떠올라 비둘기는 눈물 젖은 광경을 보며 어찌할 바를 모르는 데암브로시스 교수의 모자 위에 내려앉았다.

그러자 모두의 눈길이 늙은 마법사에게로 향했다. 레온치오 왕도 데암브로시스를 보았다. 극장 안의 모두가 한 가지 생각을 했다. 마법사만이 마법의 지팡이로 어린 곰을 살릴 수 있었다. 그런데 마법사는 왜 결단을 내리지 않는 걸까?

몰페타 경의 멧돼지 사건 이후 마법을 사용할 수 있는 기회는 단 한 번밖에 남아 있지 않아서 데암브로시스는 결단을 내릴 수가 없었다. 남은 한 번의 마법까지 써 버리면 마법사로서는 끝이었다! 평범한 노인으로, 게다가 가난하고 못생긴 늙은이로 돌아가고 말 터였다. 만일 병이라도 들면 단번에 기운을 차려 건강한 몸으로 돌아가는 게 아니라 보통의 환자들처럼 의사를 부르고 먹기 싫은 약을 먹어야 할 것이다. 그러니 누가 그에게 그런 희생을 강요할 수 있단 말인가? 레온치오 왕 자신도 마법사와 해결해야 할 많은 일들이 있었지만 이런 상황이었던 데다가 그는 매우 선량한 동물이었기에 마법사에게 그런 부탁을 할 용기가 나지 않았다. 그저 데암브로시스를 조용히 바라보기만 했다.

하지만 적막이 흐르는 가운데
조그만 심장이 뛰는 것 같은
작은 소리가 들렸다.
비둘기가 부리로 모자를 쪼았다.
늙은 마법사에게 마치 이렇게 말하는 듯했다.

당신은 심장도 없나요?
속죄할 수 있는 이런 좋은 기회를
왜 놓치는 거지요?
이기적이기 때문에 선한 일을
하지 못할 뿐이지요!

물론 여러분은 그런 일이 가능하다고 생각하지 않을 게 분명하다. 그런 일은 옛날이야기일 뿐이며 동화책에서만 일어난다고 말하겠지. 하지만 죽어 가는 어린 곰을 보자 점성술사는 레온치오 왕과 곰들을 증오해서 벌였던 비겁한 짓들이 떠올라(유령과 고양이 맘모네!) 갑자기 죄책감을 느꼈다. 가슴속에서 뭔가 뜨거운 게 올라오는 기분이었는데 어쩌면 좋은 인상을 주고 일종의 영웅이 되는 기쁨을 누리고 싶은 마음이 어느 정도 있었는지도 몰랐다. 그는 큰 외투에서 그 유명한 마법의 지팡이를 꺼내 그의 인생의 마지막 마법을(안타깝지만!) 실행했다.

산더미 같은 금과 성을 가질 수도 있고 왕이나 황제가 될 수도 있고 군대와 함대를 무찌를 수 있고 인도 공주와 결혼할 수도 있었다. 지금 극단적인 희생을 하지 않으면 이 모두가 가능했다. 그렇지만

"파레테." 천천히 또박또박 주문을 외운다.

"파레테 핀케테 가모레
아빌레 파빌레 도미네
부룬 스틴 마이엘라 프리트
푸루 토로 피페리트."

시칠리아를 점령한 뒤 씩씩한 곰 병사들이 큰 광장에서 행진을 하는 중이다. 마법사의 마법으로 목숨을 구한 토니오도 참석할 수 있었다. 하지만 피를 너무 많이 흘려서 지금은 편안한 의자에 앉아 있다.

그러자 토니오가 두 눈을 모두 뜨고 똑바로 일어났는데 총에 맞은 흔적은 찾을 수도 없었다(다만 피를 많이 흘려 힘이 하나도 없었다). 그러자 레온치오 왕은 너무 기뻐 정신이 나간 듯이 무대 위에서 혼자 춤을 추었다. 마침내 안심이 된 비둘기가 어느 때보다 경쾌하게 이리저리 날기 시작했다. 커다란 함성이 울려 퍼졌다. "데암브로시스 교수님 만세!"

하지만 점성술사는 벌써 사라져 버렸다. 극장의 작은 문으로 슬며시 빠져나가 이제 쓸모없어진 지팡이를 꽉 쥐고 집으로 달려갔다. 그 자신도 슬픈 건지, 이상하지만 기쁜 건지 정확히 말하기 힘들었다.

그래서 이제 신사 숙녀들이 축제를 즐길 때가 되었다. 성대한 열병식을 원하는 이들도 있었고 무도회를 열자는 이들도 있었다. 열띤 토론 끝에 이렇게 결정했다. 아침에는 열병식을, 밤에는 환하게 불을 밝히고 무도회를 열기로 말이다. 열병식에서 토니오는 아직 기운이 조금 없어서 몸을 기댈 수 있는 편안한 의자에 앉아 포근한 담요를 덮고 행진을 지켜보았다. 대신 무도회에 참석해서는 크게 원을 그리며 추는 춤의 맨 앞에서 아빠의 손을 잡고 폴카 음악에 맞춰 춤을 췄다. 낮에 스테이크와 케이크로 기운을 되찾았기에 가능한 일이었다.

제일 먼저
시청 광장에서 시작한다.
깃발들이 수없이 펄럭이는 가운데
군대가 행진을 한다.
곧이어 산과 바다에
음악과 팡파르 소리가 울려 퍼진다.

밤이 되자 곰들은 대낮처럼 불을 밝힌 공원에서 엄선된 오케스트라의 음악에 맞춰 춤을 추며 축제를 즐긴다. 데암브로시스 교수는 나이가 많아 함께 춤을 추지는 못하고 한쪽 구석에서 슬며시 바라보는 것으로 만족한다.

맛있는 음식들이 뒤따라 나온다.

설탕, 꿀, 초콜릿, 마지팬, 아몬드 케이크, 페이스트리 케이크,

에클레르(크림이나 생크림을 가득 넣은),

베녜, 설탕 과자뿐만 아니라

엘레테라 꽃•, 누가, 칸놀리키 파스타,

타르트 등등이다.

트랄랄라 트랄랄라라.

밤이 될 때까지 이어진다.

어두워지자 공원마다 가로등이 켜지고

왼쪽 오른쪽에서

오케스트라의 아름다운 선율이 흐른다.

(늙은 마법사는 나무들 사이에서

그 광경을 몰래 지켜본다.)

동이 틀 때까지 춤을 춘다.

시간이 너무 빨리 흘러

아쉬울 뿐이다.

• 열대에서 자라는 특이한 식물로 원주민들이 즐겨 먹는다.

제 8 장

아, 인생이란 무엇일까.

우리는 충분히 시간이 있다고 생각한다.

빈둥거렸다 해도 그것에 신경 쓰지 않는다.

그러다 페이지를 넘기니 벌써 13년이 흘렀다!

우리가 마지막으로 만난 뒤로 13년이 흘렀지만 마치 어제 만난 듯 여기서 다시 만났다. 레온치오 왕은 여전히 누구의 방해도 받지 않고 시칠리아를 다스리고 있다. 아무도 그에게 도전할 용기가 없기 때문이다. 인간과 곰들은 사이좋게 잘 지내고 하루하루가 평화롭게 지나간다. 말하자면 모두의 마음이 평화로우며 이런 상태가 영원히 지속될 것만 같다. 게다가 연구하고 일하면서 많은 발전을 이루었다. 수도에는 근사한 새 건물들이 자꾸 들어섰다. 그리고 점점 더 정교한 기계, 멋진 마차, 하늘을 나는 각양각색의 특이한 연들도 제작되었다. 심지어 대성당의 종처럼 늙은 데암브로시스가 연구를 처음부터 다시 시작해서 새로운 마법의 지팡이를 만들었다는(그 나이에 말이다) 소문까지 돌았다. 곰들을 위해 썼던 그 지팡이보다는 마법의 힘이 크지 않았지만 어쨌든 마법을 실행하기에 충분했다. 점성술사는 그저 자신이 병에 걸렸을 때, 아주 심각하지 않고 그저 그런 병이면 그 병을 치료해줄 간단한 마법 정도만을 바랄 뿐이었다.

그렇지만 여러분이 왕의 눈을 보면 그가 행복하지 않다는 걸 알아차릴 수 있다. 그가 왕궁의 창가에서 도시의 탑 너머에 우뚝 서 있는 멀고 먼 산들을 슬픈 눈으로 바라본 게 한두 번이 아니었다. 저 위에서, 험준한 바위들 틈에서 한없이 고독하게 보낸 시간들이 훨씬 행복하지 않았을까? 그는 남몰래 생각했다.

그때는 노간주나무 열매들만 먹었고
소나무 가지 위에서 잠을 자고
개울에 입을 대고 물을 마셨지.
지금은 유리잔에 술을 마시고
푸아그라를 먹고
커튼이 달린 침대에서 편안히 잠을 자지.
오, 그때는 사는 게 힘들었지.
지금은 그때에 비해 얼마나 행복한지!
그래도 예전 같지 않은 게 아쉬워.
눈보라와 강풍과 얼음과 돌덩이들과
가시와 검은 하늘뿐이었지만
마음은 가벼웠지!

그러니까 레온치오는 눈에 띄게 달라진 곰들을 보면 마음이 좋지 않았다. 예전에는 겸손하고 소박하고 인내심 강하고 선량했다면 지금은 오만하고 야심만만하고 질투와 변덕이 끝이 없었다. 인간들 속에서 13년을 살아온 영향이 그토록 컸다.

특히 왕은 요즈음 곰들이 예전처럼 멋진 털을 자랑스럽게 생각하는 게 아니라 대부분 인간들을 흉내 내서 옷과 제복과 코트를 입고는 자신들이 세련돼졌다고 생각하는 게 못마땅했다. 스스로를 우스꽝스럽게 만든다는 걸 알지 못했다. 더워 죽을 것 같은 날씨에도 세상에 돈 자랑을 하려고 두꺼운 모피 코트를 입고 돌아다니는 곰까지 있었다.

그 정도는 봐줄 만했다. 하지만 사소한 일로도 다투었고 욕을 해댔다. 아침에는 늦게 일어났고 시가와 파이프 담배를 피웠다. 몸은 비대해지고 하루가 다르게 점점 더 흉하게 변했다.

그렇지만 왕은 인내심을 가지고 참았다. 이따금 좋은 말로 몇 마디 설교를 하는 것으로 그쳤다. 전반적으로는 일부러 눈을 감고 못 본 척했다. 어쨌든 그런 행동들이 범죄는 아니었으니까 말이다. 하지만 얼마나 이렇게 지속될 수 있을까? 이런 식으로 하면 어떤 결과에 이를까? 레온치오 왕은 불안했다. 뭔가 나쁜 일이 일어날 것만 같은 불길한 예감이 들었다.

그러더니 실제로 이상한 일들이 벌어지기 시작했다.

제일 먼저 일어난 이상한 일은 **데암브로시스 교수가 새 마법 지팡이를 도둑맞은 사건**이다.

데암브로시스 교수가 새 마법의 지팡이를 도둑맞자
레온치오 왕은 시민들에게 열변을 토하며 귀중한
지팡이를 돌려주라고 범인에게 권한다.
그렇지 않을 경우 엄중한 벌을 받게 될 것이라고
경고한다. 왕은 불같이 화가 나 있다.

데암브로시스는 지팡이를 만드는 데 필요한 모든 마법을 이용해 지팡이를 이미 다 만들었고 마지막 손질을 하는 중이었는데 갑자기 지팡이가 사라져 버린 것이다. 여기저기 다 찾아보았지만 소용이 없었다. 경찰이 수사를 했지만 찾지 못했다. 마법사는 레온치오 왕에게 가서 자초지종을 이야기했다.

레온치오는 기분이 몹시 좋지 않았다. 그가 통치한 이래로 이렇게 심각한 범죄는 일어나지 않았다.

레온치오는 시종장 살니트로(아주 지혜로운 곰이지만 자신이 너무 잘생겼다고 생각하는 게 단점이다. 깃털 달린 모자를 쓰고 있다)와 의논한 뒤 인간 백성들을 소집하기로 결정을 내렸다. 왕은 왕궁의 발코니에서 사람들에게 열변을 토했다.

"신사 숙녀 여러분. 어떤 악당들이 훌륭하신 데암브로시스 교수가 최근에 만든 마법의 지팡이를 훔쳐 갔소."

레온치오가 계속 말했다. "시민 여러분! 이건 부끄러운 일입니다! 훔쳐 간 사람은 손을 들어요!"

아무도 손을 들지 않았다.

"좋소." 레온치오가 말했다. "범인이 이 자리에 없을 수도 있겠군. 그러면 한 가지만 말하겠소. 열흘 안에 어떤 식으로든 범인이 밝혀지지 않으면 나는 여러분 모두에게 책임을 물을 것이오. 여러분은 데암브로시스 교수에게 각자 금화 한 냥을 지불해야 할 거요."

"우우우!" 놀란 사람들이 투덜거렸다. 왕을 비웃는 사람도 있었다.

"뭐라고?" 분노가 치밀어 레온치오가 다시 강경하게 말했다. "그럼 이렇게 합시다. 각자 금화 두 냥이오. 명심하시오!"

그렇게 말한 뒤 자신의 처소로 들어갔고 남녀 시민들은 이러쿵저러쿵하며 흩어졌다.

그러나 데암브로시스가 왕궁에 와서 말했다. "폐하, 사람들을 불러 모아 이야기해 주어 감사합니다. 그런데 왜 곰들에게는 이야기하지 않는 겁니까?"

"곰들에게요? 무슨 말이오?"

"제 지팡이를 어떤 사람이 훔쳐 갔을 수도 있지만 어떤 곰이 훔쳐 갔을지도 모른다는 말입니다."

"곰이요?" 레온치오가 깜짝 놀라 외쳤다. 그의 곰들이 언제부터 그런 짓을 했단 말인가?

"그렇습니다. 곰이요." 점성술사가 화가 나서 다시 말했다. "혹시 곰들이 인간들보다 훨씬 정직하다고 생각하시는 겁니까?"

"그러길 바라오! 곰들은 도둑질이라는 말이 무슨 말인지도 몰라요."

"하하!" 마법사가 비웃었다.

"비웃는 거요, 교수?"

"비웃는 겁니다, 폐하." 데암브로시스가 대답했다. "원한다면 폐하의 순진무구한 곰들 이야기를 몇 가지 들려줄 수 있습니다."

그렇게 해서 어린이 여러분은 이제 글로비게리나 공원에서 벌어진 이상한 이야기를 들을 수 있다.

제 9 장

두 번째 이상한 일은 **글로비게리나 공원의 비밀**이었다.

“어느 날 밤 글로비게리나 공원에서 산책을 하고 있을 때……” 교수가 분명하게 이야기했다.

“시종장 살니트로는 어디 살지요?” 레온치오 왕이 끼어들었다.

“그건 모릅니다.” 교수가 말했다. “제가 말씀드릴 수 있는 건 나무들 사이를 산책하다가 갑자기 눈을 들어 나무들 그 너머를 바라봤다는 것뿐입니다. 제가 뭘 봤는지 알아맞혀 보시겠습니까?”

“새인가요?” 레온치오가 궁금해서 어쩔 줄 모르며 말했다. “아니면 혹시 괴물?”

“대리석 저택이었습니다. 눈부시게 환한 불빛들 때문에 한밤중인데도 대낮처럼 밝았습니다. 호기심이 생겨 가까이 가 보았습니다. 큰 잔치라도 벌어졌는지 창문에서 음악 소리와 웃음소리가 흘러나왔습니다. 그러다가 지하로 통하는, 불이 환히 켜진 입구들을 발견했지요. 허리를 숙여 자세히 살폈어요. 교회보다 더 넓은 지하 포도주 저장실이었습니다. 벽에 기대 놓은 거대한 포도주 통에서 쉴 새 없이 포도주가 흘러나왔지요. 테이블마다 음식이 차려져 있었고 사방에 값비싼 포도주병들이 널려 있었어요. 연주자들이 음악을 연주하고 하인들이 엄청나게 큰 케이크를 가지고 오갔으며 식탁에는……"

"누구요? 그러니까 누구냐 말이오?" 레온치오가 다시 마법사의 말을 가로막았다.

"곰들입니다, 폐하. 당신 곰들이요! 하나같이 술에 잔뜩 취해 있었고 고래고래 상스러운 노래를 불렀습니다! 코트를 입은 곰, 이브닝드레스를 입은 곰, 흉한 자세로 뻗어 버린 곰, 포도주 통에서 곧장 목으로 포도주를 부으려고 포도주 통에 구멍을 내는 곰, 테이블 아래로 굴러떨어지는 곰!"

"근거 없는 비방이오!" 레온치오 왕이 숨을 가쁘게 쉬며 말했다.

"제 눈으로 똑똑히 보았는걸요, 맹세합니다!" 마법사가 반발했다.

"좋아요. 내가 직접 가 보지요. 만일 거짓말이면 가만두지 않을 거요!"

왕은 시간을 지체하지 않았다. 어느새 밤이 되었다. 호위 부대를 거느리고 글로비게리나 숲으로 움직였다. 어둠에 잠긴 빼곡한 나무들 위로 찬란하게 빛나는 환상적인 대저택의 돔들이 눈에 들어왔다. 격노한 왕은 술꾼들을 현장에서 잡으려고 숲으로 들어갔다. 하지만 울창한 숲을 벗어나서 화려한 저택이 있는 곳으로 나가자 저택은 사라지고 없었다. 대신 그 자리에 초라한 집 한 채가 서 있었고 작은 창에서 불빛이 새어 나왔다.

벌컥 문을 연 레오치오 왕은 등불 아래 책을 읽고 있는 시종장 살니트로를 발견했다.

"이 시간에 여기서 뭘 하는 건가, 살니트로?"

"법전을 공부하고 있었습니다, 폐하, 누추하지만 이곳이 제 집입니다."

그래도 레온치오는 사방의 냄새를 맡아 보았다. 공기 중에 호기심을 불러일으키는 냄새가 고여 있었다. 이상하게도 꽃, 음식, 좋은 포도주 냄새 같았다. 왕은 수상하게 여기지 않을 수 없었다. 하지만 그 자리에서 뭐라고 하겠는가?

"잘 자게나, 살니트로." 왕이 우물우물 말했다. "알겠나? 우연히 이 근처를 지나다가 자네나 보고 가려고 들렀네." 그러고는 약간 당황한 채 그 집에서 나와 수수께끼 같은 일을 곰곰이 생각하며 왕궁으로 돌아왔다.

왕은 밤새 잠을 이룰 수 없었다. 여러 의문들이 고통스럽게 그의 머리를 맴돌았다.

마법사가 거짓말을 한 걸까?

그렇다면 어떻게 나무들 뒤의 대저택이 보였던 걸까?

어떻게 갑자기 대저택이 사라진단 말이지?

혹시 마법의 성이었나?

하지만 마법사 말고 누가 마법을 부린다는 거지?

혹시 마법의 지팡이를 훔쳐 간 게 아닐까?

도둑이 아니라면 누가 마법을 부릴 수 있겠는가?

살니트로는 왜 그런 외진 오두막에 있었던 걸까?

공기 중에 고인 구운 고기와 포도주 냄새는 어떻게 설명해야 할까?

살니트로도 수상한 이 일에 관련이 있을까?

곰들이 타락했다는 새로운 증거들. 데암브로시스는 이상한 대저택 지하 포도주 저장소에서 곰들이 방탕하게 먹고 마시는 장면을 보았다고 말한다. 이 이야기를 들은 레온치오 왕은 곤혹스러워하며 곰들에게 몹시 실망한다.

레온치오의 분노는 새벽에 세 번째 이상한 일이 벌어졌을 때 극에 달했다. 그 일은 **우니베르살레 은행 약탈** 사건이었다.

복면에 무장을 한 강도들이 한밤중에 은행에 침입해 관리인들을 살해하고 금고 문을 부수고 그 안의 돈을 모조리 훔쳐 달아났다. 단 한 푼도 남기지 않아 국고는 바닥나 버렸다.

그렇다면 범인들은? 살니트로가 평범한 범죄자들의 범행일 리가 없다고 확신에 차서 추론을 했다. 영리하고 기계에 대해 잘 알고 과학 지식이 풍부한 남자가 그들을 지휘한 게 틀림없었다. 결론적으로 이런 약탈을 계획할 수 있는 사람은 단 한 명밖에 없다고 시종장이 주장했다. 그 사람은 데암브로시스였다.

그제야 레온치오는 눈앞의 안개가 걷히는 기분이 들었다. 왜 진작 그 사실을 생각하지 못했을까? 왜 혼자 힘으로 그걸 알아차리지 못했을까? 하지만 이제 모든 게 분명해졌다. 데암브로시스는 두 번이나 마법을 쓰게 한 곰들을 질투했다. 데암브로시스는 왕이 다시 새 마법의 지팡이를 사용하자고 부탁할까 봐, 그리고 곰들에게 죄를 뒤집어씌우기 위해 지팡이를 도둑맞았다고 거짓으로 알렸다. 데암브로시스는 역시 곰들을 모함하기 위해 지하 포도주 저장소에서 벌어진 방탕한 연회 이야기를 꾸며냈다(레온치오가 잠시 저택을 보았다고 믿은 건 아마 자기암시 때문이었을 것이다). 마지막으로 권력과 돈에 눈이 먼 데암브로시스는 은행을 털었다.

왕의 명령에 따라 30분 뒤 데암브로시스가 체포되었다. 그는 자신의 결백을 주장했다. 그는 사슬에 묶여 감옥 중에서도 제일 아래쪽에 있는 어두운 독방에 갇혔다.

한밤중에 우니베르살레 은행을 습격해 돈을 몽땅 훔쳐 간 자는 누구일까? 시종장 살니트로는 마법사의 부추김을 받은 인간들이 저지른 범죄라고 넌지시 말한다. 하지만 사실은 그렇지 않을 수도 있다.

그런데 잠깐 생각해 보자. 수사 책임을 맡은 경찰들이 은행을 수색하느라 분주히 움직이는 가운데 젤소미노라는 곰은 무슨 호기심에 은행을 둘러보는 걸까? 젤소미노는 대개 바보 같은 표정으로 도시를 배회해서 모두들 그의 머리가 약간 이상하다고 생각했다.

"나가요! 빨리!" 보초들이 그에게 소리친다.

하지만 그는 못 들은 척한다. 아무것도 모른다는 듯 바보같이 웃으며 주위를, 특히 강도들의 흔적이 뚜렷이 남은 부분, 그러니까 금고의 금속 출입문을 주의 깊게 살핀다.

문은 경첩에서 떨어져 나와 바닥에 놓여 있다.

"데암브로시스의 짓이었다고?" 젤소미노는 믿기지 않아 혼잣말을 한다. 그러다가 몸을 숙여 바닥에서 경찰이 발견하지 못한 곰의 털 예닐곱 가닥을 줍는다. 털 냄새를 맡아 보고 역광에 비춰 보기도 한다.

"그거 내려놔요, 쓸데없이 참견 말고!" 경찰이 소리를 지른다. "바닥에서 주운 게 뭐요?"

"아무것도 아닌데, 털이요."

"털? 당장 보여 주시오." 경찰은 털을 보자마자 독수리처럼 크게 소리친다. "마법사의 수염이다! 마법사의 수염이다! 국장님, 국장님! 결정적인 증거가 나왔습니다."

하지만 젤소미노는 다시 바보같이 웃는다. 그는 털을 보는 즉시 그게 곰의 털이라는 것을 알아보았다. 목숨을 걸고라도 맹세할 수 있었다.

아하, 그러니까 범죄를 저지른 건 곰들이었다. 그러니까 데암브로시스는 결백하다. 하지만 이제 어떻게 이 사실을 레온치오 왕에게 알리지? 어떻게 납득을 시키지? 교수대에서 어떻게 데암브로시스를 구하지? 젤소미노는 오래전부터 항상 주의 깊게 사방을 관찰해 왔다. 그는 은행 사건 말고도 레온치오가 상상도 하지 못할 많은 일들을 알고 있다. 이제 낭비할 시간이 없었다. 왕이 크게 충격을 받을지라도 알려야 한다. 젤소미노는 왕에게 편지를 보내기로 결심한다.

제 10 장

그렇게 해서 아침 우편으로 레온치오 왕에게 다음과 같은 편지가 도착했다. 문법에 맞지 않는 문장들로 이루어진 편지 내용을 그대로 옮겨 보겠다(젤소미노는 학교에서 공부를 아주 못하는 학생이었다).

친애하는 폐하, 폐하 옆에 있는 뱀이

폐하에게 부당한 일을 하게 만듭니다.

결백한 사람은 감옥에 있고

도둑은 물론 아주 기뻐합니다.

폐하 "그걸 알았는데 왜 안 말했지?"

나 "혼란스럽게 만들지 않으려고요."

그러나 아무 날이나 저녁에

라브뤼예르가 5번지에 들르십시오.

연미복을 입는 것을 잊지 마세요.

아침이 되기 전에요.

감사하게 될 겁니다.

— 젤소미노

이건 또 무슨 기괴한 일인가? 새로운 미스터리? 지금까지 일어난 일만으로는 부족하단 말인가? 하지만 레온치오는 젤소미노를 항상 좋아했기 때문에 그의 조언을 따르고 싶었다.

밤이 되자 생전 처음 연미복을 입고(이런 종류의 옷을 싫어했기 때문이다) 혼자 젤소미노가 알려 준 곳으로 갔다. 거리에는 오가는 사람도 곰도 보이지 않았다.

라브뤼예르가 5번지에는 멋진 대저택이 자리 잡고 있었다. 왕이 문을 두드리자 문이 열렸다. 제복을 입은 집사가 그를 계단으로 안내했다. 계단을 다 올라가자 놀랍게도 넓은 홀이 나타났다! 레온치오는 너무 충격을 받아 몸이 굳어 버렸다. 우아하게 차려입고(심지어 단안경까지 끼고) 도박을 하는 수십 마리의 곰이 그의 눈앞에 나타났다. 여러 곰들의 목소리가 어지럽게 뒤섞여 들려왔다. "좋았어! 내가 이겼어!" 어떤 곰이 신이 나 외쳤다. "나한테 1만, 2만 내놔!" 그러자 다른 곰이 말했다. "빌어먹을, 망했어! 파산이라고! 악당 놈들!" 종잡을 수 없게 승패가 갈리는 가운데 수북한 금화들이 이 곰에게서 저 곰에게로 오고 갔다. 여기저기서 다툼이 벌어졌다. 이렇게 타락을 하다니, 부끄러운 줄도 모르고! 그러다가 홀 맨 안쪽을 살펴보던 레온치오는 그 자리에서 피가 굳어 버리는 기분이었다. 여러분, 그곳에서 누구를 발견했을까? 그의 아들 토니오였다. 토니오는 왕자로서 받는 월급을 다 탕진해 버려 이제는 금화 몇 개밖에 남지 않았다. 토니오의 테이블에는 교활하고 험악한 분위기의 곰 세 마리가 앉아 있었다. 셋 중 하나가 말했다. "이봐, 빨리 내놔, 아직도 내게 줄 금화가 500냥이야." 그가 협박을 하자 이제 빈털터리가 되어 버려 겁에 질린 토니오는 아버지가 생일날 선물해 준 소중한 금목걸이를 풀어 초록 깔개에 던졌다.

"못난 놈!" 그 순간 입구에 서 있던 왕이 호통을 쳤다. 그리고 홀을 가로질러 돌진해서 아들의 목덜미를 움켜잡았다. 왕을 알아보지 못하고 대드는 도박꾼들을 무시한 채 출입구 쪽으로 아들을 끌고 간 뒤 한마디 말도 없이 왕궁에 도착했다. 수치심을 느낀 토니오는 훌쩍였다.

곧이어 강력한 조치가 취해졌다. 다음 날 아침 수상한 도박장에 경찰이 들이닥쳤다. 하지만 그곳에는 일하는 곰들밖에 없었는데 그 누구도 도박장의 주인을 알지 못했다. 도박장은 4층이었다.

1층 룰렛 게임장, 바, 손님들 휴대품 보관소.

2층 카드 게임을 위한 넓은 홀과 베일에 싸인 도박장 주인이 수입을 쌓아 놓는 금고.

3층 주방과 연회실.

4층이자 마지막 층 그릇과 식료품을 두는 방, 종업원들이 나인핀스▾를 즐기는 작은 방, 형벌의 방(형벌의 방에서는 속임수를 쓰다 걸린 도박꾼들이 먼저 먼지떨이로 엉덩이를 맞은 뒤 「개미와 베짱이」 같은 교훈적인 시를 외워야만 했다. 이건 도박장을 운영하는 자가 위선적이게도 도박장에는 정직한 곰만 드나든다는 인상을 주기 위해 만든 벌이었다).

▾ 아홉 개의 핀을 세워 놓고 공을 굴려 쓰러뜨리는 실내 경기.

레온치오 왕은 사설탐정인 젤소미노의 조언에 따라 라브뤼예르가의 대저택을 찾아가고 그 저택이 도박을 하는 집, 다시 말해 도박장이라는 사실을 알게 된다. 그뿐만이 아니다. 놀랍게도 아들 토니오를 발견한다. 토니오는 파멸로 끝나고 마는 도박에서 가진 돈을 모두 잃었다.

이 모든 일로 레온치오 왕은 혼란스러웠다. 그러니까 마법사를 체포하는 것만으로는 모든 부패가 깨끗이 사라지지 않는 걸까? 도박장의 실제 주인은 누구일까? 젤소미노는 왜 용기를 내서 좀 더 자세히 설명하지 않는 걸까? 생각을 하면 할수록 왕의 머릿속은 더 복잡해지기만 했다. 그렇기는 해도 항상 하나의 결론에 도달했다. 데암브로시스 교수가 아닌 누군가가 곰들에게 부패와 범죄의 씨를 뿌리고 있다는 것이다. 부유하고 권력을 쥐고 있으며 아주 교활한 사람으로, 정체를 들킬까 봐 어둠 속에서 활동하는 게 분명했다. 최대한 빨리 그 사람의 정체를 밝혀내지 않으면 평화와 안녕은 영원히 끝이었다!

그래서 레온치오 왕은 조언을 얻고 사태를 파악하기 위해 총회를 소집했다. 오락을 즐기거나 자신들의 볼일을 보던 곰과 인간들이 하던 일을 중단하고 광장에 모였다. 다음과 같은 대화가 오갔다.

왕이 슬프고 괴로운 목소리로 말한다. "누가 마법의 지팡이를 훔쳐갔나?"

인간들이 한목소리로 대답한다. "우리는 아닙니다, 우리는 아닙니다."

곰들도 마찬가지다. "우리는 아닙니다. 우리는 아닙니다."

왕 "살니트로, 자네는 먹고 마시는 방탕한 연회를 계획한 사람이 누구일지 의혹이 생기지 않나?"

살니트로 "놀랍습니다, 폐하. 신경 써야 할 훨씬 더 중요한 일들이 많은데 어떻게 그런 생각을 하시는지요."

왕 "그러면 살니트로, 도둑들이 은행에서 동전 한 닢 남기지 않고 싹 쓸어 가려고 마법이라도 썼다는 건가?"

괴로워하는 왕을 달래기 위해 시종장 살니트로는 왕을 위한 거대한 기념비를 건축한다. 하지만 기쁨은 잠시뿐이다. 오른쪽 아래에서 겁에 질린 어부 몇 명이 달려온다. 나쁜 소식을 가지고 오는 게 틀림없다.

살니트로 "폐하, 그런 우울한 생각은 이제 그만하십시오. 제가 좋은 소식을 가지고 왔습니다."

왕 "아니야, 내 말부터 듣게. 도박장 주인이 누구라고 생각하나?"

인간들이 한목소리로 말한다. "오, 폐하. 그냥 신경 쓰지 마세요. 왜 괴로워하시는 겁니까?"

살니트로 "(종이를 보여 주면서) 그러지 말고 이 기념비를 한번 보십시오, 폐하. 폐하 마음에 드시길 바랍니다!"

레온치오 왕의 모습을 한 거대한 석상 설계도였다. 곰들도 허영심이 있었기 때문에 왕의 근심 걱정은 순식간에 사라져 버렸다. "오! 충성스러운 살니트로." 왕이 감격해서 외쳤다. "이제야 자네가 나를 얼마나 사랑하는지 알았네. 잠시나마 자네를 의심했었다니!" 그러면서 곧 모든 문제를 다 잊어 버렸다.

이번에 레온치오 왕은 정말 바보같이 행동했다. 인정하기 싫지만 사실이다. 기념비를 세운다는 생각에 말 그대로 이성을 잃어 버렸다. 다른 근심 걱정도 마법처럼 사라졌다. 데암브로시스 문제도! 강도 문제도! 도박장 문제도! 레온치오는 즉시 곰 대대를 산으로 보내 대리석을 구해 오게 했다. 기술자, 벽돌공, 석공들을 모집해서 작업을 시작하게 했다.

이윽고 도시를 내려다보는 언덕 위에 돌로 쌓은 거대한 기념비가 높이 올라가기 시작했다. 수십 미터 떨어진 거리에서도 보일 정도였다. 곰 수백 마리가 밤낮을 가리지 않고 일을 했다. 가끔 왕이 현장을 방문하면 시종장 살니트로가 그에게 자세히 설명했다. 금방 머리 부분까지 돌을 쌓았다. 거대한 곰의 주둥이가 파란 하늘을 배경으로 또렷이 모습을 보이기 시작했다. 기구와 작은 비행선에 탄 기술자들이 기념비가 제대로 완성되어 가는지를 확인하기 위해 도시 위 하늘을 날아다녔다.

'주둥이가 왜 저렇게 긴 거지?' 레온치오가 생각했다. '내 주둥이는 그렇게 길지 않은데. 사람들이 멀리서 보면 오히려 살니트로와 더 비슷하다고 할 거야.'

하지만 드러내 놓고 말할 용기가 나지 않았다. 누군가의 기분을 상하게 할 수도 있었으니까. 이미 기념비는 도시, 만灣, 먼바다까지지를 내려다보았다. 사흘 후면 기념비 제막식을 거행할 수 있었다.

하지만 인생은 절대 평화롭게만 살 수 없는 법, 한 무리의 어부들이 공포에 질려 광장으로 달려온다. "살려 줘요! 살려 줘요!" 어부들이 소리를 지른다. "세상의 종말이 오고 있어요!"

어부들 말에 따르면 거대한 바다뱀이 나타났다. 뱀이 파도에서 머리를 내밀자 끝도 없이 긴 목이 딸려 나왔다. 뱀은 고개를 바닷가로 돌려 눈 깜짝할 사이에 집 세 채와 신부와 성당지기를 포함해서 작은 성당 하나를 통째로 집어삼켜 버렸다.

제 11 장

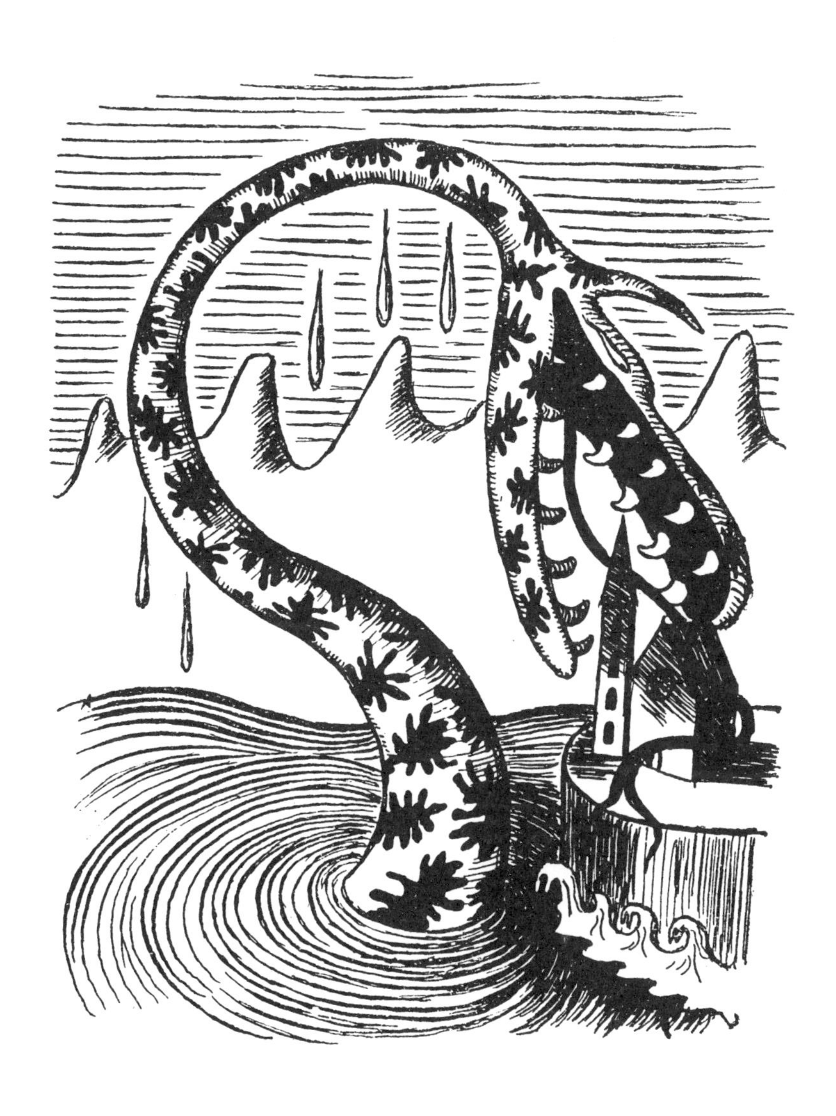

인간들

“바깥세상에서 온
바다의 뱀아
무엇을 가져가려 왔지,
눈물 아니면 꽃?”

뱀

“무슨 말을, 내 목소리로
아무도 알지 못하는
검은 심연의 신비를
너희에게 전하러 왔지.”

인간들

“우리를 위해 십자가에서

숨을 거둔 예수의 사랑이
우리를 검은 심연에서 구해 주리라."

뱀

"너희에게 영원한
죽음과 공포가.
이빨에서, 입에서
뿜어 나오는 독은 지옥의 문!"

인간들

"우리 정원에
페스트와 불길이.
엄마들이여, 빨리
아이들을 구하라!"

그래서 엄마들은 아이들을 품에 안고 바닷가 집에서 달려 나왔고 남자들과 개들도 달아났으며 날개가 있는 작은 새들은 멀리 날아갔다! 하지만 레온치오 왕은 도시를 구하러 가장 용감한 곰들을 이끌고 바닷가로 내려와서 괴물과 싸우기 위해 배를 탔다. 그는 튼튼한 작살로, 다른 곰들은 소총과 화승총으로 무장을 했다. 살니트로도 큰 총을 들고 있었다. 왕이 같이 싸우지 않아도 된다고 했지만 살니트로는 꼭 함께하고 싶어 했다.

바닷가에서 많은 사람들이 숨죽이며 지켜보는 가운데 곰들은 작은 배를 타고 힘차게 노를 저어 바닷가를 떠나 소름 끼치는 뱀에게로 다가갔다. 뱀은 무시무시한 거품을 일으키는 파도 속에서 머리를 높이 쳐들었다가 다시 물속으로 사라지기를 반복했다.

레온치오는 뱃머리에 서서 첫 공격을 하려고 작살을 들었다.

바로 그때 상상조차 힘들 정도로 공포스러운 머리와 떡갈나무 몸통처럼 굵은 뱀의 몸통이 파도 속에서 날쌔게 꿈틀댔다. 뱀이 거대한 동굴 같은 입을 딱 벌리고 금방이라도 부서질 것 같은 배를 향해 돌진했다. 그러자 레온치오가 작살을 던졌다.

작살이 쉬익 소리를 내며 번개처럼 날아가 괴물의 목에 깊숙이 꽂혔다. 그 깊이가 적어도 60센티는 될 듯했다. 요란한 폭발음이 뒤를 이었다. 왕의 동료들도 최후의 일격을 가하기 위해 함께 총을 쏘았다. 잠시 총구들에서 피어오르는 짙은 연기가 배를 뒤덮어 아무것도 보이지 않았다. 곧이어 바다뱀이 피를 흘리며 바닷속으로 가라앉았다. 기쁨의 함성이 바닷가를 따라 메아리쳤고 바람에 연기가 흩어졌다. 그러자 또렷이 보였다.

작은 배의 뱃머리 바닥에 등을 댄 채 쓰러져 있는 레온치오 왕이 보였다. 그의 등에서 피가 강물처럼 흘러나왔다. 바로 그 순간 노를 젓던 곰 하나가 노를 놓은 채 벌떡 일어나 시종장 살니트로를 향해 도끼를 휘둘렀고 단번에 그의 목을 베어 버린다. 그 곰은 젤소미노였다.

비극이 벌어졌다!

살니트로를 감시하기 위해 배에 탔던 용감한 탐정 곰은, 일제사격을 하는 틈을 이용해서 시종장이 괴물이 아니라 왕의 등에 총을 겨누는 것을 눈으로 직접 보았다.

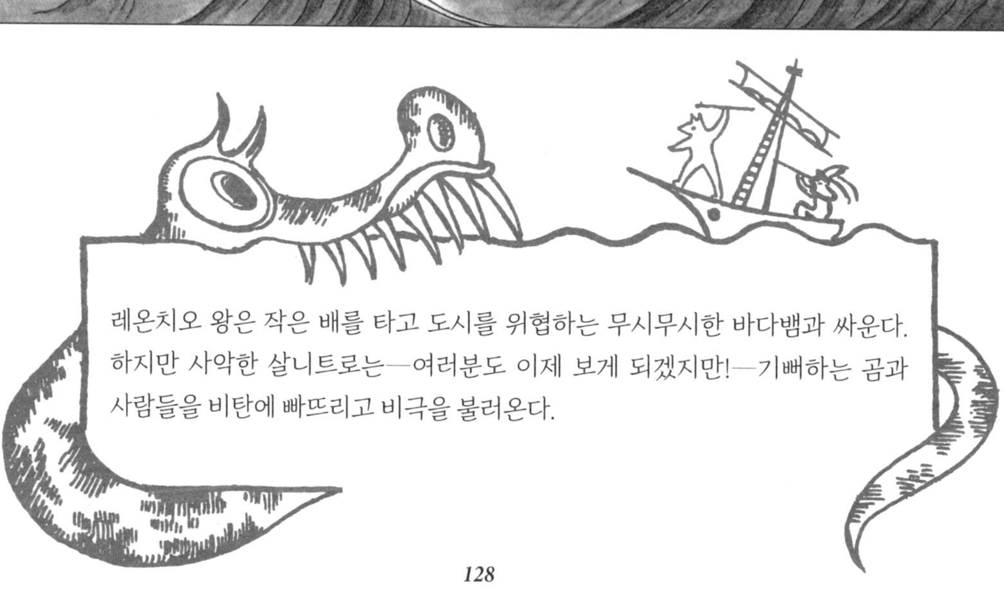

레온치오 왕은 작은 배를 타고 도시를 위협하는 무시무시한 바다뱀과 싸운다. 하지만 사악한 살니트로는—여러분도 이제 보게 되겠지만!—기뻐하는 곰과 사람들을 비탄에 빠뜨리고 비극을 불러온다.

이런! 소심한 젤소미노는 얼마 전부터 진실을 의심해 왔으나 왕에게 사실대로 전부 말할 용기가 나지 않았다. 그러니까 마법의 지팡이를 훔친 게 살니트로이며, 마법의 대저택 지하 포도주 저장소에서 연회를 벌인 것도, 은행을 약탈한 것도, 도박장의 주인도 살니트로였다. 그뿐만 아니라 살니트로는 레온치오를 제거하고 왕위를 차지할 음모를 계획했다. 심지어 기념비도 살니트로, 그의 것이지 왕을 위한 게 아니었다. 왕의 주둥이는 절대 그렇게 길지 않았다. 하지만 젤소미노는 시종장이 자백하기를 바라며 레온치오에게는 도박장 일만 알렸다. 그러나 이제 너무 늦어 버렸다.

치명적인 부상을 당한 왕을 싣고 배는 전속력으로 바닷가를 향해 달렸다. 사방에 침묵만이 흐를 뿐이었다. 모두들 충격으로 돌처럼 굳어 버려 눈물조차 흘릴 수 없었다.

레온치오는 바닷가에서 왕궁으로 옮겨졌다. 의사들이 치료를 위해 달려왔지만 아무도 뭐라 말하지 못했다. 한 의사만이 고개를 저어 모든 희망이 사라졌음을 알렸다.

제 12 장

그날 해 질 무렵 레온치오 왕은 죽음에 임박했다고 느끼며 아들과 가장 충성스러운 곰들을 불렀다. 총알로 생긴 작은 구멍에서 생명이 조금씩 빠져나갔다.

그를 더 절망에 빠뜨리게 될까 봐 그 누구도 마법의 지팡이와 은행에서 도둑맞은 금화가 살니트로의 대저택에서 발견되었다는 사실을 전할 용기를 내지 못했다. 사실 화려한 대저택은 실제로 존재했는데 그날 밤 왕이 그 저택을 찾아온다는 것을 눈치챈 살니트로가 도둑질한 마법의 지팡이를 사용해 순식간에 사라지게 만들었던 것이다.

하지만 왕은 방금 감옥에서 풀려난 데암브로시스 교수가 방에 들어오자 아주 기뻐했다.

"돌아가시면 안 돼요, 아빠." 아들 토니오가 간절히 말했다. "아빠가 안 계시면 우리는 어떡해요? 아빠가 우리를 산에서 내려오게 하고 적들과 바다뱀으로부터 구해 주셨잖아요. 이제 우리를 누가 지휘하지요?"

"슬퍼하지 마라, 토니오." 왕이 힘없이 말했다. "이 세상에 없어서는 안 될 곰은 없어. 내가 떠나고 나면 다른 훌륭한 이들이 왕위를 지킬 거다. 하지만 자네들, 내게 한 가지 약속을 해 줘야겠네, 그게 자네들이 살길이야.”

“말씀하십시오, 폐하.” 모두 무릎을 꿇으며 말했다. “폐하의 말을 따르겠습니다.”

“산으로 돌아가게.” 레온치오가 느릿느릿 말했다. “부유하게 살았지만 마음의 평화를 얻지 못했던 이 도시를 떠나게. 그 우스꽝스러운 옷도 벗어. 황금도 버리게. 대포, 총, 인간들에게서 배운 온갖 사악한 짓들을 다 버려. 예전의 자네들로 돌아가게. 바퀴벌레가 우글대고 먼지가 쌓인 우울한 저택들에서보다 불어오는 바람을 고스란히 맞아야 했던 쓸쓸한 동굴에서 얼마나 행복하게 살았던지! 숲속의 버섯과 야생의 꿀이 다시 제일 맛있는 먹이가 될 걸세. 오, 다시 맑은 샘의 깨끗한 물을 마시게. 건강을 해치는 포도주 대신 말이야. 여러 가지 편리하고 근사한 것들과 헤어지자면 슬프겠지. 나도 잘 아네. 그러나 그 후에는 훨씬 행복할 거고 이전보다 훨씬 더 좋아질 거야. 친구들, 우린 살이 찌고 배가 나왔어. 이게 진실이야.”

“오, 저희를 용서하십시오, 폐하.” 모두 같이 말했다. “틀림없이 폐하의 말씀을 따르겠습니다.”

그리하여 레온치오 왕은 베개에 몸을 기대고 일어나 앉아 저녁 무렵의 향긋한 공기를 마셨다.

어둠이 내리고 있었다. 활짝 열어 놓은 창문으로 사그라져 가는 마지막 햇빛 아래 아름답게 빛나는 도시, 꽃이 활짝 핀 정원, 그리고 그 너머로 꿈과 같은 파란 바다가 보였다.

용감했으며 불운했던 왕의 마지막 유언에 따라 곰들은 재산과 편리하고 근사한 것들과 방탕한 생활을 버리고 예전에 살던 산으로 돌아간다. 긴 행렬이 이어진다. 우리는 이제 그들을 다시는 볼 수 없을 것이다. 안녕, 안녕!

주위에 침묵이 흘렀다. 갑자기 새들이 노래하기 시작했다. 새들은 작은 꽃 하나를 입에 물고 창문으로 날아들어 부드럽게 날갯짓을 하며 죽어 가는 곰의 침대에 꽃을 떨어뜨렸다.

"잘 있어라, 토니오." 왕이 다시 조그맣게 말했다. "이제 정말 가야겠구나. 부탁이니, 크게 어렵지 않으면, 나도 산으로 데려가다오. 잘 있게, 친구들, 사랑하는 나의 곰들, 잘 있게. 데암브로시스, 당신도 잘 있어요. 당신이 마법의 지팡이를 조금만 사용해 주면, 나의 선량한 곰들이 이성을 찾는 데 도움이 될지도 모르겠소!"

그는 눈을 감았다. 친절한 그림자들, 그러니까 오래전 죽은 곰들, 조상들, 아버지, 전사한 동료들의 영혼이, 봄날이 계속되는 멀고 먼 천국까지 그를 안내하기 위해 다가오는 것 같았다. 그는 미소를 지으며 생을 마감했다.

다음 날 곰들이 떠났다.

인간들이 깜짝 놀라는 가운데(전반적으로 좋은 곰들이었기 때문에 서운해하기도 했다) 곰들은 아무것도 갖지 않고 그들이 살던 저택과 집을 떠났다. 무기, 옷, 장신구, 깃털, 제복 등등을 광장에 산더미처럼 쌓은 뒤 불을 붙였다. 돈은 가난한 사람들에게 한 푼도 남기지 않고 나누어 주었다. 곰들은 길게 늘어서 13년 전 승리에 승리를 거듭하며 내려왔던 산길을 말없이 걸었다.

성벽 근처에 빼곡히 늘어서 있던 사람들은 튼튼한 곰 네 마리가 수많은 횃불과 깃발에 둘러싸인 채 레온치오 왕의 시신을 어깨에 메고 제일 큰 성문을 빠져나갈 때 탄식하며 흐느껴 울었다(여러분도 영원히 세상을 떠나는 레온치오를 보았다면 조금 슬프지 않았을까).

어린이들

"어린 곰들아, 가지 마.

조금 있으면 어두워지고 길이 깜깜할 거야.

길에서 심술궂은 요정들이

아침까지 너희들을 따라갈 거야.

조금만이라도 더 있어 줘.

다시는 너희를 괴롭히지 않을게.

재미있는 새로운 놀이를 알려 줄게!

스페인에서 아빠가 사 온 사탕도 줄게.

들판에서 인디언 전쟁놀이도

다시 하자.

흙으로 화산을 만들고

요새, 나는 사슴, 팽이, 기차,

배를 만들어 보자.

그리고 밤이면 예전처럼 노래를 하는 거야,

기억나니? 오, 우린 잘 지낼 거야!"

어린 곰들

"얘들아, 제발 부탁이야.

그런 말 더 이상 하지 말아 줘.

우리는 이미 너무 슬퍼,

우리는 신비의 땅으로 떠나야 해!

우리도 너희와 함께

부드러운 풀밭에 눕고 싶어.
앞으로는 보지 못할 풀밭에.
해가 질 때까지 놀고 싶어.
하지만 우린 그럴 수 없어.
우리의 신께서 우리를 산으로 초대했어.
자, 이제 우리 이야기는 꿈처럼 끝났어.
안녕, 안녕!"

그렇게 산으로 길게 이어지는 하얀 길을 따라 거대한 행렬이 멀어져 갔고 마지막 무리가 뒤돌아서 인사를 한 뒤 영원히 도시를 떠났다.

길고 긴 줄이 서서히 점점 줄어들고 가늘어졌다. 해 질 무렵에는 멀리 떨어진 언덕 등성이에서 가느다란 검은 줄 하나만 보였다. 그러고는 아무것도 보이지 않았다.

레온치오 왕은 어디에 묻혔을까? 전나무 숲일까, 푸른 들판일까, 바위들 한가운데일까? 아무도 알지 못했다. 아마 우리도 절대 알 수 없으리라. 그러면 되돌아간 옛 왕국에서 곰들은 무엇을 했을까? 산이 영원히 지키는 비밀이다.

우리에게 남은 곰들의 흔적은 도시의 지붕을 내려다보고 있는, 머리가 반쯤 완성되다 만 거대한 기념비뿐이다. 하지만 비바람이 불고 세월이 흐르면서 그 기념비도 닳아 없어져 갔다. 작년에는 부식되고 형체를 알아볼 수 없는 돌 몇 개만 정원 한구석에 쌓여 있었다.

"저 이상하게 생긴 돌은 뭐지요?" 우리는 지나가던 노인에게 물었다.

"뭐라고요?" 노인이 친절하게 말했다. "뭔지 모른단 말인가요, 선생? 오래된 석상의 잔해랍니다. 보이지요? 옛날 옛적에……"

그가 이야기를 시작했다.

삽화 색인

15쪽 옛날 옛적에 시칠리아의 오래된 산에서 두 명의 사냥꾼이 어린 곰 토니오를 붙잡았다. 토니오는 곰들의 왕 레온치오의 아들이었다. 하지만 우리의 이야기는 그 후 몇 년이 지난 뒤에 시작된다.

32쪽 추위와 배고픔에 지친 곰들은 평야를 향해 내려왔고 곰들을 물리치기 위해 달려온 잘 훈련된 대공의 병사들과 전투를 치른다. 그렇지만 용맹한 곰 바보네 때문에 대공의 병사들은 정신없이 달아나기 바쁘다.

43쪽 몰페타 경의 전투 멧돼지들이 불시에 곰들을 공격했지만 점성술사인 데암브로시스가 마법으로 멧돼지들을 기구로 만들어 버려서 산들바람에 부드럽게 날아다녔다. 여기서 그 유명한 몰페타 경의 날아다니는 멧돼지 전설이 탄생했다.

53쪽 데암브로시스 교수는 곰들을 유령들의 소굴인 무시무시한 유령의 성으로 데려간다. 곰들이 모두 겁에 질려 죽게 만들려는 속셈이다. 그는 결과적으로 그런 폐허 속에서 음악이 연주되고 다 같이 노래하고 왈츠와 미뉴에트를 추는 축제가 벌어지리라고 상상이나 할 수 있었을까?

63쪽 펠로리타니 산맥의 깊은 골짜기에서 곰들은 피에 굶주린 고양이 맘모네의 공격을 받는다. 곰들은 달아나기도 하고 소용없는 줄 알면서 방어를 하려고 총을 쏘기도 하고 몸을 숨기기도 하고 전설적인 괴물의 먹이가 되기 싫어서 벼랑으로 몸을 던지기도 한다.

72쪽 곰들은 레온치오 왕의 지휘 아래 수도 초입에 있는 코르모라노 성을 공격한다. 32시간의 치열한 전투 끝에 곰들은 성을 점령한다. 프란지파네의 지혜로운 통찰력과 그가 고안한 무기 덕이다.

81쪽 엑셀시오르 대극장을 공격하는 역사적인 장면. 승리한 곰들이 대극장으로 돌진했을 때 레온치오 왕은 외줄타기를 하는 곡예사가 어릴 때 납치된 자신의 아들이라는 것을 알아보았다. 그러자 대공은 복수를 위해 어린 곰에게 권총을 발사한다.

90쪽 시칠리아를 점령한 뒤 씩씩한 곰 병사들이 큰 광장에서 행진을 하는 중이다. 마법사의 마법으로 목숨을 구한 토니오도 참석할 수 있었다. 하지만 피를 너무 많이 흘려서 지금은 편안한 의자에 앉아 있다.

92쪽 밤이 되자 곰들은 대낮처럼 불을 밝힌 공원에서 엄선된 오케스트라의 음악에 맞춰 춤을 추며 축제를 즐긴다. 데암브로시스 교수는 나이가 많아 함께 춤을 추지는 못하고 한쪽 구석에서 슬며시 바라보는 것으로 만족한다.

100쪽 데암브로시스 교수가 새 마법의 지팡이를 도둑맞자 레온치오 왕은 시민들에게 열변을 토하며 귀중한 지팡이를 돌려주라고 범인에게 권한다. 그렇지 않을 경우 엄중한 벌을 받게 될 것이라고 경고한다. 왕은 불같이 화가 나 있다.

108쪽 곰들이 타락했다는 새로운 증거들. 데암브로시스는 이상한 대저택 지하 포도주 저장소에서 곰들이 방탕하게 먹고 마시는 장면을 보았다고 말한다. 이 이야기를 들은 레온치오 왕은 곤혹스러워하며 곰들에게 몹시 실망한다.

110쪽 한밤중에 우니베르살레 은행을 습격해 돈을 몽땅 훔쳐 간 자는 누구일까? 시종장 살니트로는 마법사의 부추김을 받은 인간들이 저지른 범죄라고 넌지시 말한다. 하지만 사실은 그렇지 않을 수도 있다.

118쪽 레온치오 왕은 사설탐정인 젤소미노의 조언에 따라 라브뤼예르가의 대저택을 찾아가고 그 저택이 도박을 하는 집, 다시 말해 도박장이라는 사실을 알게 된다. 그뿐만이 아니다. 놀랍게도 아들 토니오를 발견한다. 토니오는 파멸로 끝나고 마는 도박에서 가진 돈을 모두 잃었다.

120쪽 괴로워하는 왕을 달래기 위해 시종장 살니트로는 왕을 위한 거대한 기념비를 건축한다. 하지만 기쁨은 잠시뿐이다. 오른쪽 아래에서 겁에 질린 어부 몇 명이 달려온다. 나쁜 소식을 가지고 오는 게 틀림없다.

128쪽 레온치오 왕은 작은 배를 타고 도시를 위협하는 무시무시한 바다뱀과 싸운다. 하지만 사악한 살니트로는—여러분도 이제 보게 되겠지만!—기뻐하는 곰과 사람들을 비탄에 빠뜨리고 비극을 불러온다.

135쪽 용감했으며 불운했던 왕의 마지막 유언에 따라 곰들은 재산과 편리하고 근사한 것들과 방탕한 생활을 버리고 예전에 살던 산으로 돌아간다. 긴 행렬이 이어진다. 우리는 이제 그들을 다시는 볼 수 없을 것이다. 안녕, 안녕!

해설

모든 이들을 위한 동화

프란체스카 라차라토

사실적인 동화

그러면 이제 눈도 깜빡이지 말고 곰들이 시칠리아를 습격한 유명한 사건 이야기를 들어 보자.

옛날 옛적에
동물들은 선량하고 인간들은 사악하던 때

이탈리아에서 쓰인 가장 아름다운 동화 가운데 하나일 뿐만 아니라 20세기 이탈리아의 가장 아름다운 책은 이렇게 가볍게, 아이러니하게도 서사시처럼 시작된다. 어른들을 위한 글을 쓰던 디노 부차티가 들려주는 인간 세계를 정복한 곰 전사들의 서사시이다. 부차티의 작품 세계를 이해하는 사람에게는 작가가 갑작스레 동화로 방향을 전환한 것이 어떻게 보면 자연스러운 일일 수 있다. 그의 작품들이 "다른 곳, 눈으로 볼 수 있는 영역에 덧붙여 수용할 수 있는 다른 차원"•의 존재를 암시하기 때문이다.

『오래된 숲의 비밀』, 『타타르인의 사막』, 『일곱 전령』, 『60개의 이야기』, 『콜롬브레와 다른 50가지 이야기』 같은 책들은 디노 부차티에게 환상적이고 초현실적인(하지만 초현실주의자는 아니다) 작가로서의 명성을 안겨 주었는데, 부차티는 상상력의 자유로운 유희를 우위에 두는 서사 형식을 발전시키려 했으며 실질적으로는 문학적 흐름, 유파, 유행과는 무관했다. 그러므로 어린이들을 위한 글을 쓰고 그 글을 작고 매우 아름다운 총천연색의 놀라운 그림••으로 직접 그렸다는 것은, 그를 따라다니던 비판적 평가, 즉 그를 현실에서 멀리 떨어져 현실에 참여하지 않으며 알레고리와 우화의, 초월한 시간 속에 빠져 있는 작가로 보려 한 비판적 평가를 실질적으로 확인하는 것으로 볼 수 있다.

그러나 이것은 부차티의 복합적인 특성을 다소 성급하게 설명하려

• Giulio Carnazzi, "Introduzione", 『Opere scelte(선집)』, I Meridiani, Mondadori, Milano 1998, p. IX.

•• 『곰들이 시칠리아를 습격한 유명한 사건』은 부차티가 글과 그림을 조합한 최초의 시도로 큰 성공을 거둔 작품이다. 그리고 『Storie dipinte(그림으로 그려진 이야기)』(Lorenzo Viganò 편집, Oscar Mondadori, Milano 2013)에 수록된 삽화들과 산타리타 신전에 바쳐진 가상의 봉헌물과 관련된 단편 39편이 수록된 『I miracoli di Val Morel(발모렐 계곡의 기적)』(Indro Montanelli 서문, Garzanti, Milano 1971; Lorenzo Viganò 편집, Indro Montanelli 서문, Oscar Mondadori, Milano 2012)과 거의 다시 연결되는 듯하다. 그의 그림의 출처에 대해서는 부차티가 『L'opera completa di Bosch(보스 작품집)』, Rizzoli, Milano, 1967에 쓴 서문 참조. 그리고 M. E. Zucco, 『보스 작품집』을 위한 『출처』, Rizzoli, Milano 1967과 M. E. Zucco, 〈Fonti iconografiche della pittura di Buzzati(부차티 회화에 나타난 도상학의 출처)〉(《스투디 부차티아니》, 1997), 또한 《스투디 부차티아니》 1998에 수록된 S. Dal Mas-S. Endrizzi, 〈Spiegazione de ≪I miracoli di Val Morel≫ come racconto di un viaggio all'altro mondo(다른 세계 여행 이야기로서의 "발모랄 계곡의 기적"에 대한 설명)〉와 E. Tadini, 〈Fiaba e mito nel Buzzati pittore e scrittore(화가이자 작가인 부차티의 동화와 신화)〉 참조. 안나마리아 에스포시토가 편집을 맡은 잡지 《스투디 부차티아니》는 Centro Studi Buzzati, Fabrizio Serra Editore, Roma-Pisa에서 출간되었다.

는 방식이다. 그는 어떤 식으로도 분류하기 어려운 작가이며 오히려 "실생활"에서 끌어낸 소재들의(오랜 기간 기자 활동을 하며 까다롭고 잔인한 사건들을 가까이에서 관찰하며 얻은)• 계속적인 혼성을 통해 자양분을 얻는다. 그리고 세상에 환멸을 느끼지만 그것에 지배되지는 않는, 아주 개인적인 도덕주의자의 관점에서 그 소재들을 변형시켜 우리에게 돌려준다. 계획에 실패하지만 "품위 있는 귀족"으로 죽은 프로콜로 대령, 또는 복수를 거부함으로써 자유를 얻은 산악순찰대원 바르나보, 또는 오랜 기다림 끝에 완전하게 사막을 떠나 패배를 승리로 바꾼, 간단히 말해 최종적으로 의미를 정복한 드로고 중위를 통해서 표현되듯이 우리 모두가 언제나 거의 도달할 수 없으나 완전히 불가능하지만은 않은 구원을 얻으려 한다고 확신하기 때문이다.

그러니까 부차티는 카프카 같은 작가들(카프카와 부차티가 계속 비교되지만, 카프카 작품의 바탕을 이루는 빈틈없는 부정否定과는 아주 거리가 먼 부차티는 이것에 동의하지 않는다)이나 자유분방한 허구의 오솔길을 걷는 현실도피주의 작가들과 연결되기도 한다. 『타타르인의 사막』의 작가가 어떠한 문학적 예술적 경향도 따른 적이 없기는 하지만 말이다. 한편 『곰들이 시칠리아를 습격한 유명한 사건』이 출간되었을 무렵에는 이미 "기록과 실제 삶의 드라마가 가진 우월성"을 천명하며 네오리얼리즘 시대가 도래하고 있었다.•• 그래서 부차티의 이 동화가 이탈리

• 이와 관련하여 디노 부차티, 『La nera(기사)』, Lorenzo Viganò 편집, Oscar Mondadori, Milano 2002를 참조. 부차티가 30여 년 동안 《코리에레 델라 세라》와 《코리에레 딘포르마치오네》에 쓴 범죄 기사와 사망사고 기사들을 모두 수록한 두 권의 책이다.

•• Giulio Carnazzi, "Introduzione", 『Opere scelte』, cit., p. XXII.

아 현대사에서 가장 극적인 순간 중 하나라 할 시기, 그러니까 폭격을 당한 밀라노 거리에서 총탄이 오가고 집을 잃은 사람들이 갈레리아*에서 노숙을 하던 시기에 발표되었다는 점을 생각하면 이 작품은 매력적이고 아이러니하며 어쩌면 의도와는 달리 도발의 느낌까지도 있는 듯하다.

《코리에레 데이 피콜리》조차도—『곰들이 시칠리아를 습격한 유명한 사건』의 초반부가 연재되었고, 1942년부터 이미 전쟁을 찬양하는 선전 문구들을 실으며 신문 마지막 페이지를 열광적인 "코리에리노 델라 궤라"에 할애했던—이미 다가오는 패전의 분위기와 걷잡을 수 없는 혼란에 빠질 국가의 불확실한 미래를 반영해서 "전쟁에 지친 중산층 피포 세라" 같은 인물을 등장시킨다. 또 다니던 학교가 폭격을 맞은 프랑코 렐리라는 학생, 아틸리오 무시노가 그린 "폭격으로 날아간 밀라노"에서 피난을 나온 어린 소녀 리아, 역시 무시노 작품으로 밀가루나 김이 모락모락 나는 뇨키가 잔뜩 실린 트럭이 오길 기다리는 바보 심플리치오 같은 인물도 모습을 보인다.

가판대에 최후까지 남아 있던 신문인 《코리에레 데이 피콜리》는 1945년 3월 29일 발간을 중단했고 한 달 뒤 아기 곰 푼치푸, 만카가 그린 밈모 같은("그런데 아빠, 아빤 정말 믿어요?/ 드디어 사람들이/ 무사히 돌아올 거라고요/ 미심쩍은 밈모가 묻는다") 어린 주인공들과 함께 다시 발간을 시작했다. 한편, 어린이들은 부차티 동화 11화까지를 읽을 기회가 있었다. 동화는 부차티가 그린 컬러 그림이 한 페이지의 3분의 2를

* 1877년에 완공된 밀라노의 쇼핑센터 비토리오 에마누엘레 2세 갈레리아.

차지했는데 이 그림은 나중에 출간된 단행본의 것과는 약간 다르다.

사실 신문에 발표한 첫 이야기는 「곰들의 유명한 습격」(1월 7일 1화부터 2월 18일 7화까지)과 「옛 친구 곰들 안녕!」(4월 8일 14화부터 4월 29일 17화까지) 두 개로 나뉘는데 「옛 친구 곰들 안녕!」은 신문사의 폐간으로 미완성으로 남았다.

《코리에레 데이 피콜리》에 실린 텍스트와 1945년 12월 리촐리 출판사에서 출간된 책의 기본 구조는 동일하지만 두드러진 차이점도 있다.• 실제로 마렘마 지역의 대공 대신 시칠리아의 대공이 등장하며 시 부분이나 인물과 장소에 대한 재미있는 소개가 책에 추가된 반면 아주 작은 그림들의 일부분은 모습을 감춘다.

두 이야기로 나뉘었지만 분위기의 차이만 있을 뿐이다. 첫 번째 부분은 눈에 띄게 동화적인 분위기로 진행되지만 그와 동시에 고전 모험소설, 고딕, 대중문학의 모티프들의 가치를 인정하며 그것들을 인용하고 재고한다. 두 번째 부분은 훨씬 사색적이고 진행이 느리며(극적이고 변화무쌍한 일화들이 포함되어 있기는 하지만) 서스펜스적인 요소들이 강하게 가미되며 샤를 노디에▾의 유명한 환상소설 『부스러기 요정』••을 참조하여(얼마나 의도적인 것인지 우리는 알 수 없다) 18세기 동화에서 폭넓게 사용되던, 마법의 지팡이를 이용해서 화려한 저택을 오두막으로 "위장하는" 주제를 차용한다.

• 차이에 대해서는 Nella Gianetto, 『Il sudario delle caligini. Significati e fortune dell'opera buzzatiana(안개의 수의. 부차티 작품의 의미와 행운)』, Olschki, Firenze 1996에 자세히 분석되어 있다.

▾ 프랑스의 소설가, 비평가(1780~1844).

•• Charles Nodier, 『La Fata delle Briciole(부스러기 요정)』, Gianni Guadalupi와 Ettore Zelioli 번역, Piero Citati 서문, Franco Maria Ricci Editore, Parma-Milano 1973.

이뿐만 아니라 여러 일화들이 수정되었는데 마치 종전과 부차티의 세심한 퇴고가 일치해서 이야기가 훨씬 가볍고 유쾌하고 코믹해진 것 같기도 하다. 그러니까 장편소설에서 단편소설만이 아니라, 독특하며 과소평가된 이 동화에 이르기까지 그의 작품 각각에서 시대의 분위기가 분명히 느껴지기 때문에 부차티의 글쓰기와 현실 세계 사이에는 큰 거리가 없다.

한편 부차티는 새벽 2시 넘어서까지 글을 쓰곤 했다. 그는 기사를 완성하고 나서 집으로 돌아갔기 때문에 딴생각을 하는 게 불가능했다. 『곰들이 시칠리아를 습격한 유명한 사건』에는 그가 밤에 글을 쓸 때 책상을 환히 밝혀준 둥근 전등 불빛 밖에서 벌어지는 일에 대한 미세한 암시가 가득 담겨 있다는 것을 쉽게 알 수 있다. 전시에 탄생한 이 동화가 선량하고 영웅적인 곰들과 악명 높은 대공의 병사들 사이에 벌어진 큰 전투들을 이야기하는 게 우연이 아니다. 전투들은 사실적으로 묘사되었으며 어떤 형식이나 틀에 갇혀 있지 않다. 폭군인 대공은 파괴적인 전쟁의 책임자들과 공통점이 아주 많다.

그 당시 시칠리아는 대공이 다스리고 있었다.
우리는 앞으로 대공에 대해 수없이 듣게 된다.
나무 막대처럼 마른 데다가
못생기고 무례하고 오만하다.

그러니까 "잔인하기 짝이 없는 폭군"은 하루에도 몇 차례 옷을 갈아입을 정도로 자신의 이미지에 신경을 쓰는데 백성들은 뒤에서 그를 조롱을 한다. 캐리커처 같고 거의 잊히지 않을 몇 가지 신체 특징, 예를 들면 매부리코와 나무 막대처럼 마른 체형으로 외모가 묘사된다(여기서 히틀러의 상징이 된 우스꽝스러운 검은 콧수염뿐만 아니라 무솔리니의 사각턱과 대머리가 떠오른다). 대공의 편집증적 불안감을 가라앉혀 줄 해결책은 히틀러에게 어울릴 만하다. 대공은 "산에서 만나는 살아 있는 것들을 가차 없이" 죽이라는 명령과 함께 군대를 산으로 보낸다. "나무꾼 노인들, 목동들, 다람쥐들, 겨울잠쥐들, 모르모트들, 심지어 천진난만한 어린 새들까지 가리지 않았다. 깊고 깊은 동굴 속에 몸을 피해 숨어 있던 곰들과 산의 노인만 살아남았다." 간단히 말해 그 당시 이탈리아를 황폐하게 만든 독일군의 본격적인 소탕 작전을 떠오르게 한다.

땅에 사는 레온치오 왕이 작은 배를 타고 벌이는 바다뱀과의 전투도 잊히지 않는다. 산에서 태어난 부차티는 종군기자로서 순양함을 타고 침착하고 용기 있게 케이프 마타판, 수르트, 케이프 테울라다 해전에 참전했는데, 그 당시에 대한 회상일까?

몰페타 경의 사나운 멧돼지들을 기구로 변신시키는 호프만•식의 마법사 데암브로시스 교수, 그리고 수도를 공략하는 데 필요한 장치들을 설계하고 제작하는 곰 프란지파네는 혹시 치명적인 발명품들로 결국은 실제 전투의 운명을 뒤집는 과학자들을 상기시키는 것은 아닐까?

우연의 일치 게임은 계속 이어질 수 있다. 그러나 부차티의 동화가 "현대사회"에 대한 단순한 우화로 변하기 전에 그 게임을 중단하는 게

• 독일의 소설가(1776~1822). 공상적이고 탐미적인 꿈의 세계를 표현함으로써 내면의 인간성을 추구하였다.

좋다. 작가 자신이 한 인터뷰에서 밝힌 이야기는 어쨌든 기억되어야 한다. 작가는 대공의 수도로 곰들이 들어가는 장면의 컬러 그림을 단 하룻밤 만에 다시 그려 달라는 요청을 받았다고 한다. 그림의 수도가 북유럽의 어떤 도시처럼 표현되었기 때문이다. 사실상 편집장의 예리한 눈은 곰들의 승리한 장면이 소련군의 베를린 입성과 놀랄 만큼 유사하다는 점을 놓치지 않았다.

어린 곰들아, 가지 마

여하튼 『곰들이 시칠리아를 습격한 유명한 사건』과 현실과의 연관성이 텍스트의 가장 중요한 특징은 아니다. 텍스트는 적어도 첫 부분에서는 마법적 요소를 지닌 동화 구조를 따라 중요한 세 단계를 재현한다. 먼저 여행의 단계에서 곰들은 황량하지만 사랑했던 산을 떠나 먹이를 구하고 복수를 하기 위해 계곡을 내려간다. 시련의 단계에서 곰들은 수적으로 우위에 있고 호전적인 대공의 군대와 전투를 벌이고 괴물과 유령들과 만나거나 충돌한다. 보상 단계에서는 도시를 정복하고 오래전 납치되었던 어린 곰 토니오와 레온치오 왕의 상봉이 이루어진다.

하지만 구조뿐만 아니라 작가의 몇 가지 선택 덕분에 동화적인 분위기가 완벽하게 형성된다. 가령 전설로 전해지는 까마득한 옛날과 완전히 상상으로 만든 외딴 시칠리아를 사건의 배경으로 삼은 것을 예로 들 수 있다. 시칠리아는 돌로미티 지역▾과 흡사하지만 그림 형제, 하우프▾▾, 베히슈타인의 동화, 그리고 전반적으로 북유럽 동화에 등장하는 장면들을 상기시킨다.

그리고 초라하지만 정식 마법사인 데암브로시스 교수의 존재나 여러 괴물들과 가상의 괴물의 등장을 간과해서는 안 된다. 괴물들은 원래와는 다르게 바뀌기도 했지만 어쨌든 고양이 맘모네와 늑대 만나로처럼, 민담과 어린이 동화에 전형적으로 등장하는 괴물들이다. 늑대 만나로의 경우 인물 소개에는 있지만 본문에는 나오지 않는다. 이에 관해 부차티는 이렇게 말한다. "세 번째 괴물. 이 이야기에는 등장하지 않을 수도 있다. 아니, 우리가 이야기를 잘 안다면 절대 등장하지 않을 것이다. 그러나 그건 아무도 모른다. 언제든 갑자기 등장할 수 있다. 그러니 늑대 만나로를 당연히 언급해야 하지 않을까?" 또한 바다뱀, "초등학교 3학년인데 그날 아침 학교를 빼먹은" 베피노 말린베르니를 방금 잡아먹은 괴물 트롤, 고딕소설의 유령들과 비슷할 뿐만 아니라 이탈리아 민담의 익살스러운 영혼들과도 닮은 사랑스러운 유령들(레온치오 왕과 용감하게 죽은 그의 병사 유령들과의 만남은 거의 "베르길리우스"▾▾▾와의

▾ 이탈리아 북부, 오스트리아와 접경 지역에 있는 알프스 산악 지역.

▾▾ 독일의 낭만주의 시인이자 '근대 동화의 아버지'라 불린다.

▾▾▾ 고대 로마의 시인으로 단테의 『신곡』에서 단테를 지옥과 연옥으로 안내한다.

만남처럼 감동적이고 위안을 준다. 창백한 유령인 병사들은 왕에게 전략과 전술을 충고한다)이 나온다.

그리고 마침내 주인공들이 등장한다. 일부 주인공은 인간의 장점과 결함을 상징하는 동물들이 나오는 전통적인 우화와 연결이 되고(우화에서 거의 언제나 곰들은 어리석고 잔인하며, 자신보다 훨씬 작고 힘은 없지만 더 영리한 존재에게 쉽게 넘어가는 역할을 맡긴 하지만 말이다) 다른 일부는 마법의 힘을 지닌 말하는 동물들이 등장하는 전통적인 동화와, 또 일부는 지금까지 남아 있는 아주 오래전의 의식과 관습을 상기시키는 신화와 민담과 연결된다.

혹시 부차티가, 1548년 생장드모리엔에 들른 프랑스 왕 앙리 2세를 환영했던 백 명의 남자들에 관한 이야기를 읽지 않았을까? "곰 가죽 옷을 입은 남자들, 그러니까 진짜 곰처럼 보일 정도로 머리, 몸통, 팔, 허벅지, 다리, 발에 딱 맞게 곰 가죽을 뒤집어쓴 남자들이 각자 어깨에 창을 메고 북소리에 맞춰 깃발을 펼치며 길에서 튀어나왔다. 남자들은 왕과 스위스 근위대 사이로 끼어들어 넷씩 줄을 맞춰 행진해서 궁정 사람들과 거리에 있던 사람들 모두가 깜짝 놀랐다. 남자들은 그렇게 왕의 행렬을 인도했는데 왕은 진짜 곰으로 변장한 남자들을 보며 놀랄 만큼 즐거워했다."•

곰으로 변장한 이런 남자들은 중세 시대에 계절이 바뀔 때나 축제나 특별한 행사에서 볼 수 있었다. 그러나 그들에게서 먼 옛날 북유럽인들의 베르세르크(말 그대로 "곰 가죽 옷")의 흔적을 찾아보는 것은 불

• F. Scepeaux de Vielleville, 『Mémories de la vie de François Scepeaux, sire de Vielleville, comte de Dural, maréchal de France, 1510~1571』, E. Pétiot 편집, 1882.

가능하다. 북유럽인들은 동물 가죽으로 변장하는 의식을 통해 어마어마한 힘과 전사로서의 용기를 획득했다. 이러한 관습은 그림 형제가 수집한 독일 민담에 여전히 살아 있다. 그 민담에서 한 젊은 병사가 악마에게 설득당해 7년 동안 곰 가죽을 뒤집어쓰기로 하는데 7년이 다 되어 갈 무렵에 젊은이는 인간보다는 곰에 더 가까워 보인다.*

그러니까 베르세르크들과 부차티의 곰 전사들 사이에 이상적인 관계를 설정하는 것은 피할 수 없는 일이다. 산에 사는 부차티의 곰들은 활력이 넘치며 순진하고 선량하고 강하며 어질고 너그럽다. 곰들은 인간들의 옷을 입고 인간들과 함께 살면서 사치와 황금과 포도주에 빠져 부패하거나 살니트로처럼 권력의 맛을 알아 배신도 마다하지 않을 정도가 되자 산에서 내려왔던 길로 되돌아간다.

물론 부차티의 곰들은 한 세기 넘게 아동문학, 만화, 만화영화에서 사랑받아 왔으며, 어린이들이 자신들과 동일시하는 동시에 그것을 보고 웃기도 하는 루퍼트 베어, 곰돌이 푸, 패딩턴 베어 같은 진짜 어린 곰인 **테디 베어**들과 비슷한 점이 별로 없다(테디 베어라는 명칭은 아마도 영국의 국왕 에드워드 7세의 장난감에서 따왔거나 미국 대통령 시어도어 루스벨트**와 관련된 일화에서 시작되었을 수 있다). 그러나 도상학과 문학적으로 무엇을 의인화하든 오늘날 어린 곰들은 무엇보다 고정관념에 가까울 정도로 부드러움을 상징하는 장난감이고 무조건적인 위로를

* 「곰 가죽(Der Bärenhäuter)」 참조, n. 101, 『Kinder-und Hausmärchen』, Jacob and Wilhelm Grimm.

** 1902년 사냥을 하던 루즈벨트는 이미 상처를 입은 갈색 곰에게 최후의 일격을 가하기를 거부했다. 다음 날 《워싱턴 포스트》에 대통령과 곰이 등장하는 C.K. 베리만의 만화가 실렸다. 만화에 그려진 곰의 인기가 대단해서 1903년 브루클린의 한 상점이 테디 베어스라는 헝겊 곰 인형을 팔기 시작했다.

주는 페티시이기도 하다(아마 이러한 이유 때문에 이미 장례 용품으로 사용되어 애도와 비탄의 공간에서 부드러운 마지막 위로로서 꽃과 촛불 사이에 놓이는지도 모른다).

아동문학의 동물 중에서 찾을 수 있는 시칠리아 곰의 유일하면서 진정한 "친척"은 아마 『정글 북』에 등장하는 발루일 것이다. 주인공 모글리의 멘토인 발루는 힘이 세고 지혜롭고 아버지와 같은 인물인데, 지휘관이자 곰 백성들의 아버지인 레온치오 왕과 약간 비슷하다.

하지만 『곰들이 시칠리아를 습격한 유명한 사건』의 곰들은 진짜 동물이기도 해서 흥미롭게도 동굴곰Ursus spaeleus과 비슷하다. 동굴곰의 화석은 거의 해발 3000미터에 이르는 코르바라산*의 깊은 동굴 안에서 발견되었는데 대략 4000년 전의 것으로 추정된다. 키가 2미터 50센티에 이르는 거대한 동굴곰들은 기후 변화 때문에 계곡 아래로 내려올 수밖에 없었다.

가족끼리 사는 경향이 있었으며(동굴은 진짜 "방"들로 나뉘어져 있었고 거기서 어린 곰들과 부모 곰들이 잠을 잤다) 공격자들에게 몹시 사나웠던 이 곰들의 존재를 부차티가 모를 리 없었을 것이다. 1957년 유럽 갈색 곰의 수호성인인 산 로메디오의 이름을 딴, 갈색 곰 보호 단체인 "산 로메디오 협회"의 창립자들 가운데 한 사람이었으니 말이다. 그는 《코리에레 델라 세라》에 이렇게 썼다. "곰들이 사는 계곡은 곰들이 없는 계곡보다 훨씬 아름답다는 사실을 아는 데 시인들이 필요하지는 않다. 이런 경이로운 곰의 생존은 사실 단순한 동물상動物相의 자료일 뿐

---

* 돌로미티 지역의 산.

만 아니라 전설이자 모험이며 태곳적 삶의 연속을 나타낸다. 그 삶과의 단절로 우리 모두 조금 더 결핍되고 작아진 기분을 느낄 수 있다."

『곰들이 시칠리아를 습격한 유명한 사건』에 등장하는 "남자다운" 곰의 대열에 끼지 못하는 유일한 예외는 대공의 오락을 위해 아주 어릴 때 잡혀갔던 어린 곰 토니오이다. 이 부분에서 새롭게 언급할 풍속 하나가 있는데 거의 19세기 말까지 곡예를 하는 곰들을 데리고 유럽을 순회하던 곡예사들(순회공연단)과 관련된 것이다. 하지만 당나귀로 변한 피노키오나 코끼리 바바처럼 인간들 앞에서 공연을 해야만 했던 토니오는 부드러운 테디 베어도 아니고 경솔한 젊은이도 아니다(세귀르 백작 부인[▾]이 탄생시킨 어질고 용감한 왕자 우르송[▾▾]과 동일한 이미지이다)[•]. 부패한 인간들 속에서 성장한 토니오는 도박의 유혹에 빠지기는 하나 임종을 맞은 아버지의 뜻을 따르며 마침내 권위와 명예를 되찾는다. 마지막 이별의 순간이 되어서야 곰들은 마침내 아이들에게 "어린 곰"이 되고 아이들은 둘도 없는 모험과 놀이의 친구가 되자고 곰들에게 애원한다.

어린 곰들아, 가지 마.
조금 있으면 어두워지고 길이 깜깜할 거야.

▾ 프랑스 동화 작가(1799~1874).

▾▾ '새끼 곰'이라는 뜻의 프랑스어.

• 「우르송(Ourson)」(『Nouveaux contes de Fèes』, Librairie Hachette, Paris 1856)은 요정의 저주를 받아 곰의 외모를 타고 태어난 왕자의 이야기이다. 왕자는 농가의 건강한 환경에서 자라나서 뛰어난 성품으로 모든 이의 훌륭한 거울이 된다. 인간들 사이에서 모험을 할 때 그는 멸시와 폭력을 경험하지만 마침내 그의 용기와 희생으로 다시 인간의 외모와 왕자의 자리를 되찾는다.

길에서 심술궂은 요정들이
아침까지 너희들을 따라갈 거야.
조금만이라도 더 있어 줘.
다시는 너희를 괴롭히지 않을게.
재미있는 새로운 놀이를 알려 줄게!
스페인에서 아빠가 사 온 사탕도 줄게.
들판에서 인디언 전쟁놀이도
다시 하자.
흙으로 화산을 만들고
요새, 나는 사슴, 팽이, 기차,
배를 만들어 보자.
그리고 밤이면 예전처럼 노래를 하는 거야.
기억나니? 오, 우린 잘 지낼 거야!

끝이 보이지 않는 길을 따라 멀어져 가는 어린 시절을 붙잡고 싶어 하는 듯한 슬픈 애원이다. "신비의 땅"으로 떠나는 곰들의 대답 역시 슬프다. 곰들은 겁에 질려 있지만 철저하게 자신으로 존재하기로 결심하며, 도시에서의 안락한 삶과 살니트로의 배신으로 살해당한 왕이자 아버지인 레온치오의 그늘에서 보호받던 어린 시절("부드러운 풀밭")을 차례로 떠난다. 어쨌든 성장할 필요가 있고 자신의 운명을 향해 가야 한다……

모든 연령대의 독자들을 위해

대부분의 비평가들이 『곰들이 시칠리아를 습격한 유명한 사건』에 큰 관심을 보이지 않으며 단순히 호기심으로 다루거나, 무엇보다 아름다운 삽화를 감탄하며 즐겨야 할 **오락**divertissement으로 다룬 것은 이 책이 동화라는 미지의 세계에 속하는 게 명백했기 때문 아니었을까?

사실 부차티의 동화는 단순한 시도에 불과하다고 평가되는 경우가 지나치게 많다. 어린이를 위한 글쓰기와 관련된 것이, 문학의 지도 위에 **여기 사자가 있다**hic sunt leones▾라는 비명으로 표시되거나, 베스트셀러 놀이공원에 갇힌 독자/소비자를 위해 특별히 만들어진 현상으로만 간주되는 이탈리아 같은 곳에서는 어쩌면 당연하다고 할 수 있다.

어린이와 청소년—크게 눈에 띄지는 않지만 많은 수의 활력적인 집단—을 위한 책을 다루는 사람들이, 이 아름다운 책에 진정으로 관심을 기울이지 않는 이유를 이해하기는 매우 어렵다. 이 책에 대해 아

▾ 중세에 아직 알려지지 않은 장소를 지도에 표시할 때 사용하던 라틴어. 미지의 땅을 가리킨다.

동문학에서는 제목만 언급하는 정도이다. 심지어 아동문학을 밀도 있게 다룬 어느 한 책에서는, 물론 위대한 소설가들과 어린이 독자들과의 만남을 언급하기는 했지만, 부차티를 『산악순찰대원 바르나보』의 작가로 소개한다. 그 책이 "중학생용 도서로 소개된다면 70년대에 새롭게 상당한 성공을 거둘" 것이기 때문이다.*

이 지점에서 가장 신뢰할 만한 가정은 정통 비평에서 『곰들이 시칠리아를 습격한 유명한 사건』을 제외시킨 것과 정반대로 많은 아동문학 비평가들은 이 책을 독특하며 특정 장르로 분류할 수 없는 "유일한 작품"으로 간주했다는 점이다. 그러니까 비평에 의해 미리 정해진 틀에 끼워 맞출 수 없으며 오히려 다른 명작 동화들처럼 모든 연령대의 독자들에게 소개하고 추천할 만한 독특한 동화의 고전이라는 것이다.

어린 독자들을 매료시키는 것은 모험, 동화, 마법, 음모, 섬세하면서도 웃음을 참기 어려운 유머, 유령과 영혼들로 인한 무해한 전율 등 무수한 아이디어와 놀라운 사건들이다. 또한 미리 계획된 게 전혀 없고 그 어떤 종류의 교육적 의도도 드러나지 않는 깊이 있는 메시지 역시 마찬가지이다. 이 책에서는 진정한 용기, 우정, 관용에 대해서만이 아니라, 사치와 욕망과 권력으로부터의 자유가 중요하며, 본래의 자신으로 존재하고 상황이 어떻든 최선을 다할 필요가 있다고 이야기한다.

한편 어른들에게는 어린 시절로 돌아가고 싶을 때마다 그 시절의 문턱을 넘을 수 있는 가능성을 보여 준다. 그렇다고 향수와 유아적인 성향을 진부하게 표현하지는 않는다. 게다가 완벽한 작품을 다양하고

* Pino Boero-Carmine De Luca, 『La letteratura per l'infanzia』, Laterza, Roma-Bari 1995, p. 195.

복합적인 차원에서 읽을 수 있다. 작품 속에서 메타문학의 여러 측면들, 부차티에게서는 드물게 나타나지만 여기서는 완전히 표현되는 유머와 패러디 성향들도 확인 가능하다. 또한 "유머 작가, 동화 작가, 비극 작가로서의 능력이 사실상 상호보완적이고 상호의존적으로 발현되는 작가"•의 중요한 모티프들이 거의 다 들어 있다.

마지막으로 어른과 어린이들은 무엇보다 최고의 문학 텍스트를 읽는 기쁨을 공유하게 될 것이다. 훌륭한 소재, 구체적인 사항들에 대한 무한한 관심, 모든 것에 세심한 주의를 기울인 장인 정신, 그리고 진정한 재능과 시로서 이 모든 것을 함께 아우르는 작품을 읽는 기쁨 말이다. 부차티의 동화는 빈틈없이 정확하게 구성된 서사로서 자연스럽고 간결한 이야기 뒤에 세련된 기교의 화자가 숨어 있다. 마치 예전처럼 작가의 진정한 우아함과 노고가 주목받지 않아야 한다는 것을 보여주고 싶은 것 같다.

한마디로 말해 『곰들이 시칠리아를 습격한 유명한 사건』은 거의 타의 추종을 불허하는, 어린이를 위한 글쓰기의 예를 제시한다. 이 책은 문체 연습의 유혹에 굴복하지 않으며 조금이라도 정제되지 않은 표현을 허락하지 않고 "이해력"을 구실로 **가장 적절한 단어**mot juste, 가능한 단 하나의 단어의 사용을 포기하지 않는다.

어린이들을 위한 글을 쓰기로 결정했을 때, 부차티는 여러 차례 이론화했던 언어에 대한 자신의 독창적인 선택을 따르기로 했다. 즉 그는 매우 평이하고 대화체에 실험주의와는 거리가 멀고 신문 기사의

• Giulio Carnazzi, "Introduzione", 『Opere scelte』, cit., p. XXIII.

글 같은 언어, 다루어야 할 주제가 일상적이면 일상적일수록 더 기이하고 환상적이 되는 언어를 선호했다.•

하지만 이미 여러 부분에서 강조했던 것처럼 사실 프리울리▾ 지방 출신 작가가 선택한 언어가 빈약하고 정적이며 획일적이라는 생각을 지지하는 몇몇 비평가들이 주장하고 싶어 하듯이 그러한 선택이 그렇게 급진적이지는 않다. 그것은 『곰들이 시칠리아를 습격한 유명한 사건』에서 특히 선명하게 드러나는데 이 작품에서 부차티는 단순성이라는 기준을 포기하지 않으면서도 서정적인 색채를 드러내고 우아한 어휘를 사용할 수 있다는 것을 보여 준다.

하지만 시칠리아 곰들의 이야기와 부차티 다른 작품들을 연결해 주는 게 언어만은 아니다. 이미 말했듯이 작가가 선호하는 주제들이(타락한 도시, 인간과 자연과의 관계, 군대 생활, 동물, 산) 어린이를 위한 텍스트에서도 폭넓게 등장한다. 돌로미티에서 멀지 않은 벨루노 계곡에서 태어난 부차티가 어린 시절 보았던 산들과 비슷한 분홍빛, 오렌지색, 노란색의 뾰족한 산들이 그려진 이 책의 첫 페이지부터 우리는 그 사실을 알 수 있다.

그의 첫 소설 『산악순찰대원 바르나보』에서 이러한 풍경은 서사의 주체인 동시에 대상이며 우리가 곰들의 이야기에서도 찾아볼 수 있는 가치들을 획득한다. 즉 산들은 시원의 장소이며 순수함과 생명력을 지닌 곳이며 "보잘것없는" 평야와 기다림의 사막과 비교하면 위엄 있

• Cfr. Yves Panafieu, 『Dino Buzzati, un autoritratto(디노 부차티, 자화상)』, Mondadori, Milano 1973.

▾ 이탈리아 동북부 끝에 있는 프리울리베네치아주. 돌로미티 지역이 포함된 주로 부차티는 돌로미티 지역과 가까운 벨루노에서 태어났다.

는 장소이다.*

"높디높은 산은 하늘을 찌를 듯했으며 산봉우리마다 얼음이 뒤덮"인 그곳을 영원히 잃지 않으려면 바르나보처럼 곰들도 그곳으로 돌아가야만 한다.

"산으로 돌아가게." 레온치오가 느릿느릿 말했다. "부유하게 살았지만 마음에 평화를 얻지 못했던 이 도시를 떠나게. 그 우스꽝스러운 옷도 벗어. 황금도 버리게. 대포, 총, 인간들에게서 배운 온갖 사악한 짓들을 다 버려. 예전의 자네들로 돌아가게. 바퀴벌레가 우글대고 먼지가 쌓인 우울한 저택들에서보다 불어오는 바람을 고스란히 맞아야 했던 쓸쓸한 동굴에서 얼마나 행복하게 살았던지! 숲속의 버섯과 야생의 꿀이 다시 제일 맛있는 먹이가 될 걸세. 오, 다시 맑은 샘의 깨끗한 물을 마시게. 건강을 해치는 포도주 대신 말이야. 여러 가지 편리하고 근사한 것들과 헤어지자면 슬프겠지. 나도 잘 아네. 그러나 그 후에는 훨씬 행복할 거고 이전보다 훨씬 더 좋아질 거야. 친구들, 우린 살이 찌고 배가 나왔어. 이게 진실이야."

대공의 눈부신 수도는 거짓 천국으로, 그곳에서 곰 부족은 셀 수 없이 많은 불필요한 물건들을 소유하려는 유혹에 사로잡히고(이 책이 제2차세계대전 후 빈곤의 시대가 시작될 무렵 발표되었다는 점을 생각해 보면,

---

• 이와 관련된 주제는 다음을 참조. Dino Buzzati, 『I fuorilegge della montagna. Uomini, cime, imprese(산의 무법자들. 인간. 산 정상. 모험)』, Lorenzo Viganò 편집, Oscar Mondadori, Milano 2010.

소비를 종교로 삼는 미래에 대한 놀라운 예언이다) 음모와 부패가 난무하는 정치의 함정에, 결국 범죄로 이어지고 아름다움과는 멀어지는 인간들의 쾌락에 빠져든다.

『어떤 사랑』이나 『실례지만 두오모 광장은 어느 쪽인가요?』의 도시가 떠오르지 않는가? 그 도시는 눈에 즉시 드러나는 불빛과 풍요로움을 넘어서, 어둠과 불안한 비밀과 무엇보다 추악함으로 이루어진 장소이다. 레온치오가 도시화된 곰들에게 도시를 떠나라고 간곡히 말하듯 부차티는 어두운 도시에서 멀어지라고 권한다.

솔직히 말하지요. 밀라노는 무시하세요.
수학여행이든
신혼여행이든 밀월여행이든
(둘은 완전히 달라요)
밀라노는 피하세요.
초록의 초원도 언덕도 바다도 숲도 강도 없는 정말 삭막한 도시,
자동차와 트램이 충돌해 20명의 부상자가 발생했지요.

그러나 산과 도시는 상징적으로만 대립되는 게 아니다. 부차티는 아주 오래전 무분별한 개발 모델에서 기인한 피해들을 날카롭게 분석하면서 이미 광범위하게 훼손된 자연보호의 필요성에 대한 기사를 여러 차례 작성했으며 1948년에 시작된 이탈리아 자연보호 운동에도 관여했다. "동물권리 지지자"로서 열정적인 글을 쓰기도 했는데 신문 기사에서 힌트를 얻어 《코리에라 델라 세라》에 발표한 그 글은 거의 그의 책을 관통하며 종종 그 이야기들의 주인공이 되는 매우 광범위한 동물들과 현실을 여러 층위에서 대비하고 결합하는 역할을 한다.

클라우디오 마라비니•가 지적하듯이 그 동물들은 극과 극이어서 한쪽에는 고양이 맘모네, 콜롬브레▾, 바다뱀, 용, "작은 비행선"처럼 밀라노 하늘을 나는 시커먼 바바우 같은 괴물들, 기형적이고 공포스러운 동물들이, 다른 한편에는 뉴스에서 접하는 카나리아, 당나귀, 개구리, 상처 입은 개, 원숭이 등등 "일상적인" 동물들이 있다. 그러면 이 책에 등장하는 곰들은 어디에 속할까? 그들은 『오래된 숲의 비밀』의 동물들, 『60개의 이야기』의 하느님을 본 개, 무너진 여관에서 달아나는 생쥐들 가운데에 있다. 이 동물들은 인간과 오랜 시간 접촉하면서 그들의 결함을 그대로 답습해 그것을 구체화하는 경우도 종종 있지만(살니트로나 프로콜로 대령의 검은 영혼인 쥐처럼) 그보다는 감탄할 만한 **본보기**를 보여 주어, 간단히 말해 진짜 "인간적인" 유일한 존재로 비춰지는 경우가 더 많다. 인간은 인간일 뿐이고 동물이 훨씬 인간적이라고 부차티는 생각하는 것 같다.

동물과 인간들 가운데 인간들이 훨씬 더 "동물적"이라는 데에는 의심의 여지가 없다. 토니오를 잡아간 잔혹한 사냥꾼들이나 『60개의 이야기』에서 멧돼지를 죽인 사람들을 생각해 보자. 그뿐만 아니라 "어떤

• 다음 참조 Claudio Marabini, "Introduzione", Dino Buzzati, 『Bestiario(동물들)』, Mondadori, Milano 1991. 부차티의 동물 목록은 다음에 포함되어 있다. R. Carnero, 『Il ≪Bestiario≫ di Dino Buzzati: animali reali e fantastici nei racconti e negli articoli(디노 부차티의 『동물들』, 소설과 기사에 등장하는 실제 동물과 환상적인 동물들)』, ≪Studi Buzzatiani≫, 1998. 최근의 연구서로는 Lorenzo Viganò가 편집해 새롭게 출간된 『Il ≪Bestiario≫ di Dino Buzzati(디노 부차티의 『동물들』)』, 2 voll., Oscar Mondadori, Milano 2015가 있다.

▾ 부차티의 단편 「콜롬브레」에 등장하는 바다 괴물.

동물이든 나타나기만 하면 어른들이(그리고 아이들도) 즉각 죽이고 싶은 충동을 느끼는 나라. 그리고 그 동물의 성격이 규율에서 벗어나면 그러한 충동에 광란이 더해지는 나라"•인 이탈리아의 거리를 돌아다니는 너무나 평범한 괴물들도 생각해 보자. (부차티는 이 끔찍한 충동이 어떻게 해서든 "그 동물"과 셀프카메라를 찍으려는 충동으로 변하게 되어 때로는 굴욕적이고 때로는 치명적인 결과를 초래하게 될 것을 알지 못했다.)

어쨌든 부차티의 동물들 가운데 곰은 다른 무엇보다 우리에게 구원의 길을 알려 준다. 도시를 등지고 산을 향해 걸어가는 말없는 긴 행렬은 경고이자 우울한 희망의 표시이자 존엄성과 진정한 자아를 찾으라는 권유이기 때문이다. 그러나 다른 식으로도 해석할 수 있다. 사실 부차티의 다른 소설들과 마찬가지로 『곰들이 시칠리아를 습격한 유명한 사건』의 12장을 통해 펼쳐지는 이야기는 인생의 여러 시기를 나타내기도 한다. 산에서 어린 시절을 보내고 청소년기는 풍요로운 계곡으로 내려와 성년이 되어 도시로 갔다가 환멸을 느끼며 마침내 원래 왔던 곳으로 돌아가 무한하고 완전한 침묵 속으로 사라지는 것이다.

이 책의 많은 부분에서 부차티는 이야기를 들을 특정 독자층을 고려했음을 보여 준다. 사실 그는 자신이 선호하는 주제들을 포기하지 않으면서 평소의 비관주의를 크게 드러내지 않으려 신경을 썼다. 그리고 어린 독자들이 만족할 수 있도록, 소설에서 표현된 것을 반영하는 몇몇 상황을 보다 활기차게 좀 더 구체적으로 풀어 나가는 방법을 선택했다. 드라고 중위가 평생 전투를 기다리던 요새와 똑같은 거대

• Dino Buzzati, 『Il ≪Bestiario≫(동물들)』, Lorenzo Viganò 편집, cit., vol. II, p. 260.

한 요새를 공격하고 정복하는 곰 부대, 「스칼라 극장의 공포」에서 반란자들을 무기력하게 기다리는 청중들과 거의 비슷하게 보석으로 치장한 사람들로 꽉 찬 엑셀시오르 극장으로 돌진하는 레온치오와 그의 부하들을 생각해 보자.

그런데 숨겨져 있으나 그래도 감지되는 죽음에 관한 문제에서 작가는 지금까지 짜 내려온 이야기의 실 가운데 가장 튼튼하고 꼭 필요한 실을 자를 수도 숨길 수도 없앨 수도 없는 것처럼 신뢰의 표시로, 귀중한 선물로 어린이들에게 그것을 보여 준다. 『곰들이 시칠리아를 습격한 유명한 사건』에서 이 부분은 적지 않은 장점 중의 하나가 분명하다.

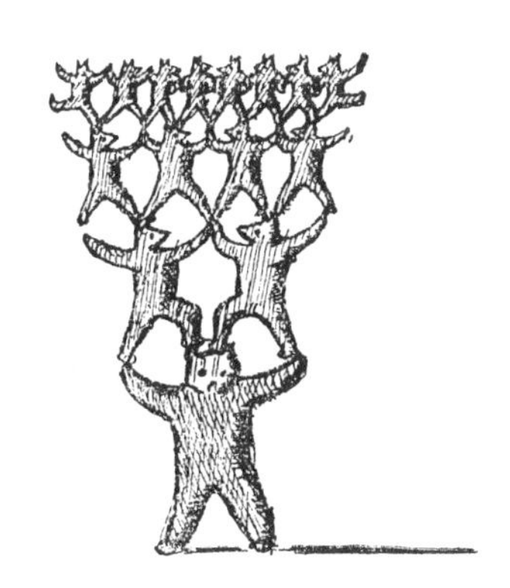

곰들이 시칠리아를 습격한 유명한 사건

글·그림 디노 부차티
옮긴이 이현경
펴낸이 김영정

초판 1쇄 펴낸날 2022년 11월 30일

펴낸곳 (주) 현대문학
등록번호 제1-452호
주소 06532 서울시 서초구 신반포로 321(잠원동, 미래엔)
전화 02-2017-0280
팩스 02-516-5433
홈페이지 www.hdmh.co.kr

ISBN 979-11-6790-143-9 03880